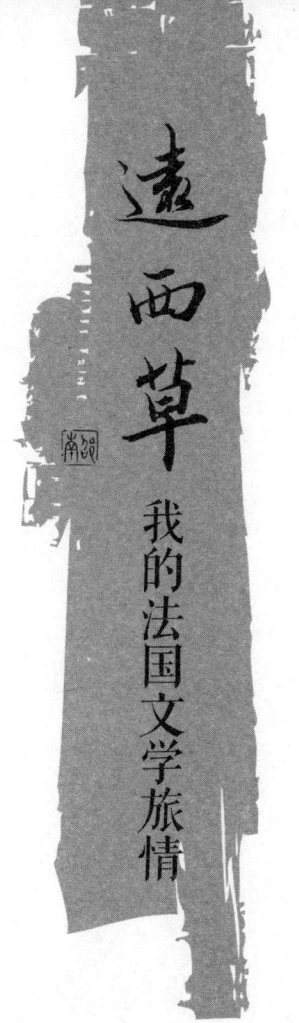

遠西草

我的法国文学旅情

邵毅平 著

上海文化出版社

图书在版编目(CIP)数据

远西草:我的法国文学旅情 / 邵毅平著. -- 上海:
上海文化出版社, 2020.10
ISBN 978-7-5535-2067-4

Ⅰ. ①远… Ⅱ. ①邵… Ⅲ. ①随笔—作品集—中国—
当代 Ⅳ. ① I267.1

中国版本图书馆 CIP 数据核字 (2020) 第 143359 号

远西草:我的法国文学旅情
邵毅平 著

责任编辑:蒋逸征
装帧设计:王怡君
书名题签:邵　南
封面摄影:邵毅平

出　版:上海文化出版社　上海咬文嚼字文化传播有限公司
地　址:上海绍兴路 7 号 2 楼
邮　编:200020
发　行:上海文艺出版社发行中心发行　上海市绍兴路 50 号
印　刷:上海天地海设计印刷有限公司
规　格:787×1092　1/32
印　张:6
版　次:2020 年 10 月第 1 版　2020 年 10 月第 1 次印刷
书　号:ISBN 978-7-5535-2067-4/I.812
定　价:36.00 元

告读者:如发现本书有印刷质量问题请与印刷厂质量科联系
电　话:021-64366274

L'hommage fait en ceci
par la vieille Chine aux lettrés d'Extrême-Occident.
——Victor Segalen（1878—1919）*Stèles*（1914）

谨以此书
由古老的中国向远西的文人致敬！
——谢阁兰（1878—1919）《古今碑录》（1914）

目 录

巴黎观墓 1
莎乐美 5
雷恩的米兰·昆德拉 9
亲爱的马塞尔 14
马赛鱼汤 19
卡米耶 23
名片与门票 27
兰波住过的房间 31
拿破仑的浴桶 37
谁会去贡堡呢 42
只会数到三 47
索米尔的葛朗台 52
生米饭 56
当你老了 61
当你真的老了 67
"老佛爷"在这头 73
圣马洛 79

去年之雪　85

流动的盛宴　90

蒙梭公园　97

巴黎的马尔克斯　102

鲁昂，一辆马车　107

哪个少年不钟情　111

"巴黎子"普鲁斯特　116

情人来的电话　125

拟卡父复卡儿书　130

拟萨特驳卡父书　135

高师的中庭花园　140

在他的世界屋脊　145

两个幽灵在寻觅往昔　151

种好自己的园地　156

莎士比亚书店　161

更重要的东西　168

孚日广场　174

童年的许诺　178

跋　183

巴黎观墓

初访巴黎，小住五天，三天观墓。

巴尔扎克、普鲁斯特、王尔德、肖邦、缪塞、拉封丹、莫里哀、博马舍、奈瓦尔、圣西门、科莱特、阿波利奈尔、德拉克罗瓦、柯罗、罗西尼、都德、修拉、比才这些人睡在拉雪兹神甫公墓里。法共领袖阿拉贡等人的墓也在，面对巴黎公社社员墙旧址（原墙已移至公墓外面），形成无产阶级的红色一角。王尔德的墓碑上印满了红唇，都是花痴女粉丝之所为，尽管他本人是同性恋者。我到底不知道艺术和人生究竟谁模仿了谁，但我确定地知道所有红唇都模仿第一只红唇。别人墓的介绍都是"作家""画家""音乐家"之类，老雨果墓介绍了其眼花缭乱的英勇战绩，但点睛之笔仍是"作家之父"——毕竟父以子荣，枪杆子不如笔杆子。不过又有人但书说："宁馨儿雨果在先贤祠里。"——雨果曾来过这里，为巴尔扎克的灵柩牵挽，大仲马并排走在另一边（另一头是圣伯夫和一个部长）；但死后"忠孝不能两全"，让老爸寂寞了。

戈蒂耶、维尼、司汤达、小仲马、"茶花女"（原型）、龚古尔兄弟、德加、莫罗、柏辽兹、奥芬巴赫、傅立叶、海涅这些人睡在蒙马特公墓里。左拉也曾在这里睡了六年，后来荣升入先贤祠，但公墓为他保留了"故居"。"茶花女"墓比小仲马的热闹，簇拥着不少真假茶花。司汤达身在巴黎，"心"在米兰，墓碑上写着："米兰人／活过／写过／爱过"，不用母语法文，却用外语意大利文（肖邦异曲同工，身在巴黎，心在华沙；伏尔泰身在先贤祠，心在黎塞留图书馆，算是相距最近的了）。

莫泊桑、波德莱尔、贝克特、杜拉斯、萨特和波伏瓦、莫里亚克、圣伯夫、圣桑这些人睡在蒙帕纳斯公墓里。波德莱尔墓是个家族墓，墓碑上刻着他继父的事迹，任过什么荣耀的官职，附带才提到了波德莱尔。但现在，"菠菜"们为波德莱尔而来，还有谁会留意他继父的名字呢？

远西草

杜拉斯的墓前，供着巴黎市长新送的鲜花，娇艳欲滴。看来市长大人是杜拉斯的"粉"，但他也是用公款追的星吗？（巴黎六区圣伯努瓦街5号是杜拉斯的故居，从1942年回国到1996年去世，她在此居住了长达半个多世纪。2011年，巴黎市政府在其故居大门旁挂了纪念牌，而这正是巴黎市长墓地送花后不久之事。）在萨特和波伏瓦的墓上，我未能免俗，像其他人一样，留下了来路用过的地铁票。

只有地铁票，没有鲜花。我万里迢迢而来，不看别的，只看他们，即使没有鲜花，他们也该满足了。

"一旦你死去了，躺在哪里又有什么关系呢？是躺在龌龊的水坑里，还是躺在高高伫立在山峰上的大理石宝塔里？你已经死了，你再也不会醒来，这些事你就再也不去计较了。对你说来，是充满油垢的污水，还是轻风习习的空气，完全没有什么两样。你只顾安安稳稳睡你的大觉。"（雷蒙德·钱德勒《长眠不醒》）

然而在法国八宝山先贤祠里，我发现这话说得没道理，因为活着的人是会计较的。除了伏尔泰、卢梭享受厅堂待遇，看雨果、大仲马、左拉、马尔罗等人的石棺，躺在一间间"集体宿舍"的双层床上，觉得与其这么没个性地"束之高阁"，还不如像其他人那样睡在公墓里，还可与清风明月花香鸟语为伴，与老爸爱儿情人兄弟为伍。

　　人人死而平等。热爱自由平等博爱的法国人，解散了高高在上、等级分明的先贤祠罢？

2011年1月16日于京都
（原载2011年2月19日《新民晚报·夜光杯》）

莎乐美

此莎乐美,既非《圣经》中之历史人物莎乐美,亦非王尔德、施特劳斯等人笔下之文艺典型莎乐美,更非以尼采、里尔克、弗洛伊德诸杰之故人闻名于世之俄国佳人莎乐美,而是法国布列塔尼 R 大中文系学生莎乐美。

但要说古今莎乐美绝无联系,那倒也不一定。至少,此莎乐美曾竞选 R 城小姐,而拔得次筹,说明容貌或不输于彼莎乐美。

然据彼母所言,其女名列第二,实多委屈云。那个冠军丑蠢无比,各方面均远逊于其女,若非赛事有黑幕疑云阴谋猫腻等等,其女必夺冠无疑。若其女夺冠,代表 R 城征战大区,则必能为布列塔尼小姐,继而为法兰西小姐,为欧罗巴小姐,为世界国际宇宙环球天下小姐……水到渠成,顺理成章,一切皆有可能。同学友生凡见过冠军者咸然其言。

莎乐美止步R城小姐第二,无缘为乡邦家国争光,只得继续攻读难懂的中文——"像汉语那样难以理解",她的同胞普鲁斯特也曾感叹过的。

唯莎乐美容貌虽佳,中文却委实是可怜,简直跟没学过的一样。尤其遇到考试,容貌帮不上忙,愁眉苦脸,反致花容失色(可见他们的上帝是公平的)。这不,最近的口语课考试,她就有被挂(不及格)之虞。莎乐美情急无奈(她自己说是"狗急跳墙"),每遇口语课老师,便像祥林嫂一样念叨:

"我在台湾学过功夫的,我可不可以用功夫代替口语?"

说着便手舞足蹈起来,摆出各种打斗架势。老师们听了,自然是匪夷所思,满脸惊愕:

"用功夫代替口语?你苹果酒喝多了?亏你想得出来!"

莎乐美据理力争:

"为什么不可以呢?师父教功夫,徒弟学功夫,说的都是口语嘛……"

两地交流,学分不妨互换,但"功夫"课和"口语"课,实在是风马牛不相及,结果自然可想而知。

莎乐美心知肚明自己中文不行,故上课时,常与一中文极佳之男生同坐,以期随时得到该生之指点。然而该生竟名"施洗者约翰",让人不禁为其首级担心!

该实习了,诸生纷纷投送简历。某在华投资之法国企业,财大气粗,尤受诸生青睐,但对中文要求甚高,申请者很难通过。莎乐美不自量力,也投了简历。选拔结果出来那天,诸生纷纷打开邮件,教室里顿时哀声一片。正在此时,只见莎乐美乐得蹦了起来:"我通过啦!我通过啦!他们要我啦!"

老师诸生面面相觑,不敢相信自己的耳朵,进而对伏尔泰主张的"理性"等等口号也怀疑起来。老师忽然想到了什么,气急败坏地对莎乐美喊道:

"你一定把R城小姐第二写进简历了!"

莎乐美得意扬扬,

"那当然啰!干吗不呢!"

老师一屁股坐在椅子上,"完了完了,你这种中文水平，出去肯定丢尽我们R大中文系的脸，完了完了……"
……

我不远万里来到R大，边喝着诺曼底苹果酒吃着布列塔尼可丽饼，边听友人八卦有关莎乐美的种种趣事，不禁乐不可支，心想她能如此独出心裁，也不失为"诗有别才非关学"，焉知一定就"丢脸"呢？况且退一万步说，万一真要"丢脸"，丢的也应该是那家以貌取人"别有用心"的法国企业的脸吧？

2013年5月13日
（原载2013年9月1日《新民晚报·夜光杯》）

雷恩的米兰·昆德拉

春天。法国布列塔尼大区的首府雷恩。在雷恩二大的教室里,我正给中文系诸生上着课,大家海阔天空地聊着文学。话题不知怎么转到了米兰·昆德拉。我介绍说,他在中国很流行。还八卦说,他的中文译名的汉语拼音(Milan Kundela),与他的本名(Milan Kundera)只差一个字母,不知道的中国人,会以为"r"是"l"的打印错误,西方人则正好相反。这时某生便悠悠地说:

"老师,您知道吗?米兰·昆德拉曾经在雷恩住过一阵子。"

我孤陋寡闻,当然不知道了。我只知道夏多布里昂在雷恩上过两年中学,下课后常去"他泊山"(Thabor)公园溜达或打架。"在我心目中,雷恩是巴比伦,雷恩中学是一个世界。"他在《墓畔回忆录》中如是说。

"他住在雷恩的那栋高层公寓里。那是好多好多年以前的事了。"

那栋高层公寓我知道的,名字叫"视野"(Les Horizons)。我散步去老城时,总要在它下面经过。区区三十余层,在雷恩就算是最高的了。似乎也只此一栋,孤零零地矗立在老城边上,显得突兀而难看。

"他住在那栋公寓的顶层,可以俯瞰雷恩的市容。他总是说雷恩真丑,实在是丑。"

我倒是觉得雷恩很美,典型的欧洲古市镇,沧桑感结合了现代感,宜家宜居。但我知道米兰·昆德拉也没错,因为他来自布拉格,而我则来自上海,彼此的参照系不同。据说因为失望于雷恩的"丑",他抵达雷恩的当晚,便逃去了北边海滨的圣马洛,那是夏多布里昂的出生和埋葬之地。又据说他的直言不讳,让雷恩的游客中心沮丧不已。

"他公寓的窗户朝东,朝布拉格的方向。他说:'透过我的泪水,我看得见我的祖国。'"

我悚然心惊——雷恩距布拉格,至少两千公里!后来我才知道，在写于这栋公寓的《笑忘录》（*Le Livre du rire et de l'oubli*）里，他提到过这件事。"布拉格之春"后，他苦熬了七年。1975年，他离开捷克，一路往西，抵达雷恩，住进了这栋公寓。翌日清晨，太阳把他照醒。"我看明白了，那些大窗户是朝东开的，朝布拉格的方向。"他站在自己公寓屋顶的阳台上，看着在布拉格聚会的诗人们。"不过实在是太远了，幸好我的眼中有一滴泪，它就像望远镜一样，让他们的脸离我更近。"他后来虽然在雷恩住了多年，但这是他作品中唯一一次提到雷恩，人们便嘲讽他总是"生活在别处"。1979年，他被褫夺了捷克国籍。"故园东望路漫漫，双袖龙钟泪不干"，祖国现在真的只能在泪水中相见了。同年，他离开雷恩，前往巴黎。两年后，他获得法国国籍，成了一个法国人。

"他住在雷恩，是因为他当时受聘在我们雷恩二大教书。法国作家费尔南德斯推荐的他。"

"是吗？他在这儿教什么呢？"我觉得一下子离他很近。

"好像也是比较文学什么的吧。"

"那么,他上课应该也在这栋教学楼里啰?"

"应该是的。"

"也在这间教室里上过课?"

"完全可能!"

"也坐过我现在坐的椅子?"

"为什么不呢?"

"也在这块黑板上写过字?"

"那是当然的!"

……

窗外忽然下起了瓢泼大雨。我没带伞。看诸生似乎也都没带。可我并不担心,因为这是布列塔尼的雨,布列塔尼春天的雨。这里的谚语说:"在布列塔尼,只有傻子才会被雨淋到。"(En Bretagne, il ne pleut que sur les cons.)它来得快,去得也快,不到下课时,就会雨过天青。学校操场上的滩滩积水里,会有白云悠悠浮过蓝天,还会反射出金红色的日光。

这也是曾经在这里上课的米兰·昆德拉经常遇见的情景吧?

远西草

想必他也不会带伞。在布列塔尼,只有傻子才会带伞。

2013 年 8 月 15 日
(原载 2013 年 9 月 25 日《新民晚报·夜光杯》;收入《夜光杯文粹(2009—2013)》,上海,上海远东出版社,2016 年)

亲爱的马塞尔

亲爱的马塞尔:

　　一百年前的今天,也就是1913年11月8日,你的《追忆似水年华》的第一卷《在斯万家那边》出版;一百年后的今天,我在阿尔卑斯山麓阿讷西的书报亭里,看到并买下了《费加罗报》为纪念此书出版一百周年而出的图文并茂的专辑;而早在一个多月前,我已在复旦的课堂上以关于"贡布雷"的报告提前作了纪念;但是在今天,我还是忍不住要再给你写上几句。

　　你曾在全书最后一卷的一个自注里预言:"像我的肉身一样,我的著作最终有一天会死去。然而,对待死亡唯有逆来顺受。我们愿意接受这样的想法,我们自己十年后与世长辞,我们的作品百年后寿终正寝。万寿无疆对人和对作品都是不可能的。"如果此自注写于1912年末全书初稿完成之时，那么你果然于十年后的1922年去世，你的第一个预言不幸应验；但是一百年后的今天，我们好像才刚刚开始谈论你的作品，你的第二个预言落了空——但这又是多么美好的落空啊！

你的朋友热内·培德说，当年，《在斯万家那边》被巴黎所有的大出版社拒绝，包括纪德们主持的《新法兰西评论》社，最后只能以屈辱性的自费方式出版。直到数年后，来自民间读书界的声音促使纪德们意识到了自己的错误，才让《新法兰西评论》社毫无保留地为你敞开了大门。"现在想起这些，真让人不可思议。当时要提起马塞尔·普鲁斯特，人们会说：'马塞尔·普鲁斯特……'很多年里，除了几个没用的好朋友外，没人来关心这个不幸的、有些疯疯癫癫的家伙；而之后，全世界都将为之着迷。"（《普鲁斯特之夏》）

是的，人们曾经都误解了你。曾经拒绝了你的纪德后来解释说："在我看来，你不过是个频频光顾X、Y、Z夫人府邸，外加专给《费加罗报》写无聊文章的人。坦率地说吧,我把你看成一个附庸风雅、趋炎附势的社交界业余作者。"消除这种误解花了他近两年时间,而对这种误解的遗憾和愧疚则更纠缠了他的余生。你曾谦虚地问法朗士为何如此博学,他的回答也显示了这种误解有多深:"这非常简单,亲爱的马塞尔:我在您这样的年纪,没有您这样漂亮,不讨人喜欢,也不去社交界,就待在家里看书,不停地看书。"其实要论博学,要论读书,法国作家中没人比得过你,法朗士也比不过的。所以也就难怪,后来面对你的作品,法朗士只能放弃:"我不理解他的作品。我下了功夫,可还是无法明白。"

而今天,全世界的读者都为你着迷,我不过是其中的一个。早在上世纪八十年代初,你的作品刚刚"重入"中国,我就开始读它们了;但是说来惭愧,直到今年春天,我才终于读完了全部七卷,竟然比你写它们的时间都长。不过你用不着不满意,因为我是真正用心通读,用四分之一个世纪去读,没有跳过任何一个字。我还想要告诉你,我从来没有得到过如此大的阅读快感,也没有其他任何作品,曾经这么深入地强烈地震撼我的心灵,让我看到了一个如此美妙的文学世界。我的读书生涯，以读完你的全书为分界，是两个迥然不同的境界。我愿意用我所有的文字，来换取你书中的任何一段描写，虽然你肯定不愿意接受。

在你位于拉雪兹神甫公墓的平卧着的黑色大理石墓碑上，常会有像我一样热爱你的读者给你留下便条：

"亲爱的马塞尔，你是个无与伦比的天才。天堂见。"

"亲爱的普鲁斯特，你会活在所有读者和见证你卓越才华的人的记忆里。"

……

读着这些便条，感觉就像是你从来就没有离开过人世一样——对于一个作家来说，这才是真正的不朽吧？你喜爱的作家"贝戈特"去世了，你在书中满怀忧伤地写道："我心里明白，这一天贝戈特的死使我非常难过……人们埋葬了他，但是在丧礼的整个夜晚，在灯火通明的玻璃橱窗里，他的那些三本一叠的书犹如展开翅膀的天使在守夜，对于已经不在人世的他来说，那仿佛是他复活的象征。"把"三本一叠"改成"七卷一套"，这话说的简直就是你自己啊，亲爱的马塞尔！你相信人生短暂，而艺术长存。"虽然我在一切欢乐之中甚至于在爱情之中遇到的全是虚幻，但是世上还有其他东西存在——毫无疑问只有艺术才能使之实现。"你实现了你的夙愿：你在你的书中复活；你在你的书中永生。

今年春天，也是在你们的复活节假中，也是在山楂花盛开的季节，我造访了伊利耶-贡布雷——你作品和精神的"原乡"。我坐在大栗树下的铁桌前，我站在莱奥妮姑妈的床边，我走过维福纳河上的老桥，我去了斯万家那边的花园……从今往后，那贡布雷花园的铃铛声，也将穿越时空，不时在我的梦境中出现……

一个热爱你的中国读者
2013年11月8日枫丹露白时节于你的祖国

（原载2013年11月24日《新民晚报·夜光杯》）

马赛鱼汤

我全神贯注地打量着我面前的马赛鱼汤,努力把它跟我想象中的挂起钩来,但是说老实话,我知道自己绝无成功的可能与希望。

我想象中的马赛鱼汤,传得神乎其神的马赛鱼汤,说是如果不品尝在那里的旅行就不算完整的马赛鱼汤,在普罗旺斯的艾克斯度过学生时代的左拉去巴黎上学后念念不置的马赛鱼汤,在莫泊桑的小说里被比作拥挤的马赛港的马赛鱼汤……难道应该是这个样子的吗?

它应该是什么样子的呢?按照"全球化视野中的比较鱼汤学",我的参照系,自然是"大汤黄鱼",是"宋嫂鱼羹",是"天目湖鱼头汤"……所以在我的想象中,它应该是内容丰富的。要不然,它怎么能勾得住左拉的味蕾和回忆呢？他可是把普罗旺斯的艾克斯说得一无是处，尤其抱怨那里的姑娘不如巴黎的漂亮；而唯一使他念念不置的只有马赛鱼汤，他在信中跟老同学塞尚抱怨说，到巴黎后最大的遗憾就是吃不到马赛鱼汤。左拉这番话给人的印象是，姑娘不如鱼汤；就像日本谚语里说的，团子比花好；或者韩国谚语里说的，金刚山也是食后景。（塞尚不像左拉那样北漂巴黎，一直在故乡作画，画普罗旺斯的乡土风貌，说不定也正是为了舍不得这道鱼汤；后来他与左拉闹翻，不知是为了姑娘还是为了鱼汤。）也正因为左拉如此痴迷马赛鱼汤，所以我甚至把它看作是"左拉的鱼汤"，它成了我心目中最有文学意味的鱼汤。左拉小说的世界那么丰富多彩，他喜爱的马赛鱼汤，怎么也得像"卢贡－马卡尔家族"，内容同样丰富多彩是哦？

然而我面前的马赛鱼汤……它刚刚由"喂得"（侍者）端上餐桌，附带几片烤得焦黄的面包，一小钵金黄色的蛋黄酱……而且我此刻正是身在马赛，在火车站著名的"大楼梯"下，在名字也叫"大楼梯"的餐馆里，点了这道我垂涎已久的马赛鱼汤，这道充满文学意味的"左拉的鱼汤",一切都"正宗"得不能再"正宗"了……

然而我面前的马赛鱼汤,里面却是什么都没有!

诺曼底人莫泊桑,写小说出了名发了财,未能免俗,在普罗旺斯买了游艇过日子,游艇就叫"俊友"号(Bel-Ami)。他住在普罗旺斯时,估计没少喝马赛鱼汤,也估计没抱什么好感(对他来说,什么都比不过诺曼底的海鲜吧)。他在小说里打比方说,马赛港就像是马赛鱼汤:"港口内,沿着码头,边靠边地停满来自世界各地的船只,乱七八糟,有大有小,式样不同,装备也不同,在这显得过于狭小的港湾里,就像一盆杂烩鱼汤似的,船壳在这个臭水湾里如同泡在这鱼汤里撞来碰去。"(《港口》)那么反过来,马赛鱼汤也应该像马赛港,如果鱼汤里什么都没有,那就像马赛港里没有船,岂不是变成了一个死港?

然而我面前的马赛鱼汤,就像从马赛开往上海的"白拉日隆子爵"号(Vicomte de Bragelonne),船上就没有一个像样的人一样,里面竟然什么都没有!无论我怎么努力打捞,努力"拷浜",甚至念叨着左拉的名字,念叨着莫泊桑的名字,就像念叨咒语,然而我面前的马赛鱼汤,始终只是一盆清汤寡水,里面依然什么都没有!

马赛鱼汤,哪怕你给我一架鱼骨也好啊?至少可以暗示仿佛曾经有过鱼肉,就像桑提亚哥老爹渔船旁拖的那个大鱼骨架,证明老人确曾钓到过一条大马林鱼……

然而我面前的马赛鱼汤,里面就是什么都没有!

2013 年 11 月 3 日于巴黎郊外
(原载 2013 年 12 月 16 日《新民晚报·夜光杯》)

卡米耶

在蒂耶里堡拉封丹故居的一个陈列柜里,我第一次看到了卡米耶·克洛岱尔的作品,一件名为《华尔兹》的小小的青铜雕塑(我不知道它为什么会陈列在那儿)。一对舞者轻舞飞扬,看上去失去了重心,马上就会倒下来,但又奇异地保持着平衡;舞姿的动感,人物的痴迷,作者的激情,凝聚成了一个迷人的瞬间,离开了喧嚣的舞厅,离开了时间的激流,固定在了这件青铜雕塑里,那么唯美,那么忧伤……

当然,这不是原作,原作陈列在巴黎的罗丹博物馆里。那里有一个卡米耶的特别展室,陈列着她的二十来件作品,在充栋盈室的罗丹作品的包围中,占据着一个小小的空间。

看那件《流言》，四个女人，围坐成一圈，头凑在一起，窃窃私语……当年曾引起轩然大波，说是污蔑了上流社会贵夫人主导的沙龙，但现在怎么看怎么像是女性生活的生动代言……

看那件《海浪》，据说是受江户浮世绘（葛饰北斋的《富岳三十六景》之《神奈川冲浪里》）影响之作，但在即将重压下来的滔天巨浪下面，取代原来的扁舟的，是三个小小的女人，她们似乎对灭顶之灾一无所知，又似乎根本无惧于灭顶之灾，在海浪里忘情地舞蹈着，嬉戏着……

这些都是对男权社会中女性处境的隐喻吗？1885年，卡米耶刚开始与罗丹热恋，莫泊桑出版了《俊友》（一译《漂亮朋友》），一时"巴黎纸贵"。女主角之一的玛德莱娜，空有政治头脑、新闻才华，放在今天，肯定是受欢迎的专栏作家，甚至是称职的报刊主笔，但在当时，却只能躲在男人身后，先后替几个愚蠢的新闻界男人捉刀代笔……卡米耶身处的，就是这样一个时代，这样一种社会；雕塑界也如新闻界，女性并不招人待见，女性无从表达自己。

况且她遇到了罗丹。看那件《熟年》，两个女人，撕扯着一个男人，一个近一点，一个远一点。近的那个，"她像只动物一样地依赖我"（罗丹说罗丝语）；远的那个，双膝跪地，双手前伸，那么哀婉，那么迷惘，那么无助，竭力想要留住那个留不住的男人，可是全然没有希望……一个参观的老妇人，像着了魔似的，对着雕像左拍右拍……

经历过卡米耶，罗丹自己脱胎换骨，从身心到作品："我注定要认识你，重过一种全然陌生的生活，我那暗淡的存在才能在喜悦的火中燃烧。谢谢你。因为你，我的生命得到了属于神性的那一部分。"使罗丹与希腊罗马划出界限的，正是卡米耶。

然而作为一个男人，作为一个主流艺术家，罗丹从来没能真正懂得卡米耶；他的作品，在某些方面，也从来没能达到卡米耶的高度。正如卡米耶的弟弟保尔所批评的，当罗丹的人物还挣扎在泥土里时，卡米耶的精灵就已经从泥土里飞升了（这就像贾宝玉说的，男人是泥做的，女儿是水做的）……充满灵性的《华尔兹》，正是一个绝好的象征（据说那是德彪西的最爱，终其余生置于钢琴上）。

这是因为，卡米耶不仅是一个罗丹般的艺术天才，她还是一个女人，一个不愿躲在男人身后的人，一个有着强烈的女性意识的人，一个雕塑界的乔治·桑、伍尔夫、波伏瓦，一个反抗男权社会的滔天巨浪从而遭遇灭顶之灾的人……她说布朗基的话，正好适用于她自己："一个自发的反抗者，他不太知道自己反抗什么，但他感觉到了自己处于虚假之中，处于一个深陷在错误之中的世界。他坚持抗争，虽然不知道真理何在……伟大的反抗，然而却埋葬在过于浓密的烟雾之中。他的反抗只是徒劳，最终只有毁灭。"正是这些，使她的作品超前于时代，迥异于侪辈，也使她的人生注定成为一场悲剧。

罗丹却竟然还语重心长地劝告她："我的朋友，放弃您那些女人的特点，展现您的令人神往的作品吧……"

骄傲的罗丹啊，你懂得什么呀！

2013年12月4日于巴黎郊外
（原载2014年1月18日《新民晚报·夜光杯》）

名片与门票

在法国旅行的时候,我身上总备有名片。那不是交换用的,而是买门票用的。

每次面对景点的售票员,我总是先递上名片——记得英文那面朝上,然后是照例的询问:

"我是教师。门票可以打折吗?"

第一句我努力用法语说,以示对优雅的法兰西语言(其实是拉丁语的败家子)的尊重;第二句以下随便用什么语说,只要能让他们明白我的意思(是的,随便什么语!我曾遇到过汉语说得很溜的售票员)。

初次试水是在尚博尔城堡,那次完全是异想天开,不过是想开个玩笑。不料售票员"卖蛋母"(大妈)一脸严肃,细细地研究过我的名片后,竟然爽快地回答"唯"(行)!

其实法国景点的门票一般都有打折条款,但具体适用条件却模糊得很,解释权完全在售票员手里。售票员各式各样,有"卖蛋母"有"卖靴"(先生),或年老或年轻,时胖时瘦,白的黑的黄的,懂英语的不懂英语的……听到我的询问,开头的反应都差不多,先是一愣,然后开始研究我的名片……然而后面的判决就各不相同了,就像形形色色风味各异的奶酪:

"教师?专业人员?可以打折!"

"打折?不,你甚至可以免费!"

"只有法国的教师才可以打折!"

"我们这里连总统也不能打折!"

……

每个判决下达之前,结果全然无法逆料,我只能惴惴等待,看这次运气如何。我仿佛觉得,每个景点的售票窗口后面,都守着一个普鲁斯特笔下的厨娘弗朗索瓦丝,"能办不能办,弗朗索瓦丝自有一部严峻专横、条目繁多、档次细密、不得通融的法典,其间的区别一般人分辨不清,也就是琐细至极"。他们研究我的名片,决定如何判决,就像弗朗索瓦丝"足足端详了五分钟"马塞尔托她转交给妈妈的信,以便确定"应按她那部'法典'中的哪一项'条款'来处置"。我想起初战告捷的尚博尔城堡,同行的一位教师也递上名片,但"卖蛋母"却坚决地回答"侬"(不行)。问她为何差别对待,她一脸不屑,表示没必要解释,也不接受上诉——是的,每个售票员给出的都是终审判决!

听到"唯"总是高兴的,听到"侬"总是不快的,所以对我来说,世界上存在着两个法国。一个是可爱的法国,也就是门票给打折的法国,领地包括但不限于:浪博伊爱宫殿、凡圣城堡(王室的亲切)、圣米歇尔山、圣但尼大教堂(教会的亲切)、阿宰勒里多城堡、希农城堡(贵族的亲切)、布尔日心雅克故居(商人的亲切)、普鲁斯特之家、巴尔扎克之家(文人的亲切)、地下墓穴(先民的亲切)……一个是可恶的法国,也就是门票不给打折的法国,领地包括但不限于:凡尔赛宫殿、枫丹白露宫殿(王室的傲慢)、荣军院(军人的傲慢)、沙特尔大教堂、布尔日大教堂(教会的傲慢)、昂热城堡、舍农索城堡(贵族的傲慢)、圣艾米利翁村(商人的傲慢)、司汤达之家(文人的傲慢)……

　　我做了一个梦，梦见法国驻华外交官员们看到了拙文，由于事关法国形象，于是赶紧向国内有关部门报告，要求对各景点的售票员紧急培训，重点是要求他们统一口径，也就是在看到我递上的名片时，对我的打折要求一律说"唯"。如果我美梦成真，那么下次我造访法国时，两个法国就会统一成一个，也就是可爱的法国，其意义应超过当年两个德国的统一。

2013年6月5日
（原载2014年2月11日《新民晚报·夜光杯》）

兰波住过的房间

维克多·库赞街很短,也许不到两百米。可我来回走了好几趟,还是没能找到克吕尼旅馆。那家三学院旅馆倒是醒目,就在与索邦对街的路口。马尔克斯在巴黎的时候,曾在三学院旅馆住过(1957年)。可目前它不是我的目标,我的目标是克吕尼旅馆。

终于找到了!原来就在三学院旅馆旁边。可是它实在太小了,小得根本不像旅馆,而像是一家小铺,以致我贴着它的橱窗都走过好几回了,愣是没有发现它。

橱窗边上的墙上倒是有块牌子,兰波之友协会挂的,写着兰波曾在这儿住过,还说"此刻我有一间漂亮的房间"。看来兰波很喜欢这家旅馆,据说还在这里写了那首著名的《最高塔之歌》(*Chanson de la plus haute tour*),

后来收入了《地狱一季》（*Une Saison en enfer*）。然后就跟魏尔伦私奔去了布鲁塞尔、伦敦。

叮咚一声，我推门进去。前台坐着一个胖"卖靴"（先生），见了我就叫"笨叔"（你好）。我也回过他"笨叔"，便直奔主题："请问兰波住的是几号房间？"

"兰波？几时入住的？"他以为我打听某位客人。

"大约一百四十五年前，1872年6月入住的。"兰波曾多次离家出走，没钱买火车票的时候，就从香槟区的乡下一路走到巴黎。一个十七八岁的问题少年，同性恋者，小帅哥，乡巴佬，后来大家都赞他是天才诗人，他却自认是个几乎成功的商人。

胖"卖靴"愣了愣，回过神来，笑着指指外面："原来是墙上那位啊！他住过六楼的房间。"

原来他住的是六楼的房间（法国的底楼相当于我们的一楼，一楼相当于我们的二楼……六楼相当于我们的七楼，也就是有"老虎窗"的顶楼），难怪他要写《最高塔之歌》了。"来吧，快来吧，／那钟情的时刻……"即使在今天的巴黎，除了拉德芳斯的高层建筑，蒙马特的那个小山丘，一般建筑还是六楼最高。何况他又是从乡下来的，也许第一次住得那么高。想想介乎他跟我们之间的张爱玲，也就住在爱林登公寓（今常德公寓）的六楼（相当于法国的五楼），就会发嗲说："读到'我欲乘风归去，又恐琼楼玉宇，高处不胜寒'的两句词，公寓房子上层的居民多半要感到毛骨悚然。"（《公寓生活记趣》）

"那我可不可以预订两晚，一周以后，就订兰波住过的房间？"

"让我看看，"胖"卖靴"很高兴有了生意，便殷勤地查电脑，"正好有空，没问题！"

"我是要订兰波住过的房间。"我不放心，又补了一句。

"我已经在电脑上注明了，没问题！"见我不放心，胖"卖靴"有点不悦了。

……

一周后，我从南法旅行回来，便投奔克吕尼旅馆。前台这次是个瘦"卖靴"，确认了我的预订，给了我房间钥匙。

我一看钥匙上的房间号,就愣住了:"怎么变成了一楼的房间?"

"你来晚了,六楼的那间有客人了。"

"可是我说好要六楼那间的呀?你们电脑上不是都注明了吗?"

"是注明了。可现在房间没空,我们也没有办法。不过也许,我们明天可以把你换上去,你看行吗?"

也只能这样了。反正我已经住进了兰波住过的旅馆,离他住过的房间只隔了五层,况且明天就能够换上去了。我这么安慰着自己,便像阿Q一样释然了。

第二天我去高师做讲座,讲"风景的变迁"。讲完回到旅馆,前台又是那个胖"卖靴"了,一见面就客气地打招呼:"我们已经把你的房间换上去了,行李也已经帮你拿上去了。"然后给了我另一把房间钥匙。

我一看钥匙上的房间号,又愣住了:"怎么变成了五楼的房间?"

"对不起呀,六楼的房间还是没空。不过,这间五楼的房间是面街的,看得见对面索邦的屋顶,风景好得很哎!"

"与兰波看到的风景也是一样的!"他又很有把握地补充了一句。

我无奈地住进了五楼的房间。推开窗子,街对面就是索邦的屋顶,似乎触手可及;连不远处先贤祠的穹顶,也变成了索邦的一部分。我想,夜深人静的时候,也许听得见卢梭和伏尔泰的吵架声,或者雨果、大仲马、左拉、马尔罗的呼噜声。沿街往前不远,勒高夫街拐角处那栋建筑的顶楼,就是萨特度过童年的地方……胖"卖靴"说的没错,风景果然好得很,或许与兰波看到的也是一样的。

然而,这毕竟不是兰波住过的房间,离他住过的房间还差了一层,我本来是要住他住过的房间的。

但又有什么法子呢?我明天就要出发去布拉格,没空再等那个房间空出来。而且谁又知道呢,也许即使我再等下去,也还是住不进兰波住过的房间;就像布拉格的那座大城堡,卡夫卡的 K 永远进不去一样。

况且话又说回来了,除了兰波本人,谁又能轻易地住进他住过的房间呢?

我这么想着,又像阿Q一样释然了,于是继续去看索邦的屋顶。

2017年8月13日
(原载2017年9月19日《新民晚报·夜光杯》)

拿破仑的浴桶

在《一包米》（收入拙著《马赛鱼汤》）里，我写过对米的纠结；而我对洗澡的纠结，似乎又不下于米。

这后一种纠结，也是其来有自。曾几何时，国人很难在家中洗澡，要洗澡只能上混堂（公共澡堂）。逢年过节，混堂外排起长龙，里面则插秧似的，一池浊水，濯足又濯缨。少壮时努力目标之一，便是老大若不徒伤悲，一定要装个洗澡设备，可以天天在家里洗澡。还记得初次装修潮起时，家家户户不论浴室大小，都要装个巨无霸按摩浴缸，结果一年也洗不上几次。现在想来，他们大概跟我一样，都有一个洗澡情结。

现在生活条件改善了许多，我与洗澡早已相忘于江湖，可是我的洗澡情结，却还时不时会冒出来，尤其是受到新的刺激时。

异域文化也是新的刺激之一。而据我的长期观察和研究,洗澡习惯确乎有东西之不同,可以纳入"东西比较洗澡学"的。

东人大都喜欢晚上洗澡,一天在外奔波下来,洗个热水澡,洗去尘埃,活络血脉,干干净净地钻被窝;西人大都喜欢早上洗澡,黎明即起,洒扫庭除,洗个淋浴,洒点香水,精神抖擞地去上班。

东人晚上洗澡,多半是为了自己,以让自己睡得舒服;西人早上洗澡,多半是为了别人,以让别人赏心悦目。孔子曾抱怨说,一样是读书,古之学者为己,今之学者为人;或古之学者为人,今之学者为己。言下之意,读书人今不如古。套用此语,我也想说,一样是洗澡,东之洗澡为己,西之洗澡为人。但我没有言下之意。

之所以断言西之洗澡为人,其实我也是有根据的。我造访西土的时候,每见他们熟人见面,总要先把脸颊左右贴贴。起先我百思不得其解,后来恍然大悟,原来他们是在彼此嗅嗅,检查对方是否洗过澡了。要待检查通过了，才会坐定下来，一起喝杯咖啡，谈谈天下大事，聊聊邻里八卦的。

我本东人，自然习惯晚上洗澡。即使偶到西土，也还是谨守东习，算是毋忘初心。但有时也难免好奇，想换个时间洗澡又怎么了，难道西风就压倒东风了？于是某些个晚上，以疲劳渴睡为理由，以入乡随俗为借口，不洗澡倒头便睡。果然一夜好睡，太阳照常升起，世界依旧混乱。不过起床以后，东人的积习又回来了，也就是说，早上并未追加洗澡。于是整日臭烘烘的，躲着熟人不敢贴脸。这就像那个邯郸学步的人，没学会邯郸时髦的步伐，却连故土的步伐也忘了，于是只能爬着回家。

西人一般喜欢淋浴，当然也有例外，比如拿破仑就喜欢泡澡。他住过的枫丹白露宫里，有一只木制浴桶，看上去很日本，他喜欢泡在浴桶里，接待部下，签署公文；正如路易某世法王，喜欢坐在床上处理政务，不仅朕即国家，抑且国家即床。想必那些年欧洲发生的大事，都与枫丹白露宫里这只浴桶有关。

枫丹白露宫里那么多好看的东西，我却只记得拿破仑的浴桶,这就充分暴露了我的洗澡情结。其实,我凡到东到西参观神圣的宫殿,总爱打探一些他们不展示的东西,尤其想知道浴室什么的在哪里。还记得在凡尔赛宫里,展示有国王吃饭的场面,甚至有王后生产的场面——当时算是法国的头等大事,需要臣民们热烈围观的。可我看来看去,没看到浴室之类的,就表示失望和不解。问问管理员吧,他们也是不知所云,有偷懒的甚至回答,当时吾王不爱洗澡(据说这也是法国香水业发达的一个原因)。

眼见得法王事业发达,却还不爱洗澡,我难免大失所望。所以当我在枫丹白露宫里,看到拿破仑的浴桶时,真的是满心欢喜不尽,从而对拿破仑情有独钟了。毕竟不愧为一代枭雄,小小的个子,运筹于浴桶之中,决胜于千里之外,爱泡澡如爱江山,得江山在泡澡之间,确实胜于法王一筹。

但拿破仑自己喜欢洗澡,却不甚鼓励别人洗澡。他甚至对爱妻约瑟芬说,在我从战场归来之前,你千万不要擅自洗澡,以免洗去了独家味道。这是己之所欲,不施于人,实在是凡人难及的境界。

可他下野流放,走下著名的马蹄形楼梯,离开枫丹白露宫的时候,为何没有带走心爱的浴桶?是他去意徊徨,已无心于泡澡?还是以桶为鉴,怪自己泡澡丧志?在我看来,他可以什么都不带,唯独浴桶是应该带的;皇帝可以不做,澡还是要泡的。

虽说他真要带走了浴桶,我就没机会看到了,但设身处地,将心比心,我还是希望有一只浴桶,在圣赫勒拿岛伴他余生。

2017 年 4 月 21 日写于巴黎
2017 年 8 月 17 日改于上海
(原载 2017 年 10 月 12 日《新民晚报·夜光杯》)

谁会去贡堡呢

谁会去贡堡呢？布列塔尼东北部的一个小镇，位于圣马洛和雷恩之间，只有站站停的慢车经过。你从火车上下来，站台上空无一人。除非是到了周末，街道上同样如此。如同法国所有的乡间小镇，时间在这里似乎是凝滞的。只有你的出现，才会把时间搅动起来，让欧石南花丛微微颤动，让某家院子里的狗朝你多看两眼。

然后你穿过小镇，来到了它的郊外。你会看到一泓湖水，倒映着一座古堡，前面是大片的草地，还有围着草地的树林。沿着一条冷杉道走向古堡，你会分明听见燕子的呢喃，斑鸫的啁啾鸣叫，或者是树叶上淅沥的雨声。

曾经有一个小男孩，他也听到过这一切。他的孤独的小房间，在古堡角楼的顶上。乌漆墨黑的夜晚，他得小心地举着蜡烛，爬上阴森的旋转石梯，走过狭窄的雉堞通道，才能进到自己的房间。他那瘦小的身躯，被烛光映照在墙上，变成了巨大的魅影，像是传说中的鬼魂，总是让他胆战心惊。遇上外面刮风落雨，蜡烛也许会被浇灭，他边走边瑟缩发抖。我即使是白天走这段路，也能感受得到他的恐惧。

但是到了早晨，就一切都变了。他听见了燕子的呢喃，斑鸫的啁啾鸣叫，或者是树叶上淅沥的雨声。他的小姐姐会来找他，他们并肩站在窗口，倾听这些美妙的乐音。在这个没落的贵族之家，在这座冷峻的古堡里，只有这个小姐姐，才是他唯一的知己。他们的友情，就是他们生活的全部，甚至有一点点"罪恶"。小姐姐后来出嫁了，又后来死了，葬在古堡前草地上的一棵大树下，竖了一块石头做墓碑。陪伴她的不仅有燕子的呢喃，还有他回忆录里无尽的思念，以及小说里刻骨铭心的描写。

小姐姐叫吕西尔，小男孩叫弗朗索瓦-勒内，他们都姓夏多布里昂（本义是"布里昂城堡"）。这里是他们父亲购置的产业，是一座有千年历史的古堡，只为了慰藉没落贵族的乡愁。

小男孩出生于圣马洛,在贡堡的这座古堡里,度过了整个少年时代。他去多尔和雷恩上中学,每年秋天都会回到古堡。青春期里有整整两年时间,他在这儿陷入了心理危机。后来他经历了大革命的风暴,辨认过路易十六的头颅,以《阿达拉》《勒内》等作品,成为浪漫派文学的先驱。少年雨果曾立志说,要么成为夏多布里昂,要么什么都不是。(Je veux être Chateaubriand ou rien!)人到中年,他开始写《墓畔回忆录》,思绪又飘回到了贡堡,飘回到了这座古堡,写下了夜晚的恐惧,草地上、树林中的漫步,还有与小姐姐的情谊。那是他一生中最快乐的时光。《墓畔回忆录》这开头几卷,成为全书中最美妙的乐章,令后来多少读者为之动容,包括此刻正写着这些的我。大龚古尔在1894年2月24日的日记中甚至写道:"我愿拿全世界有史以来用各种语言写就的所有诗篇换取《墓畔回忆录》的开头两卷。"

而那个以《追忆似水年华》闻名后世的普鲁斯特,则将《墓畔回忆录》里贡堡"斑鸫的啁啾鸣叫",视作自己"小玛德莱娜蛋糕"(扇贝型杏仁蛋糕)的"昆仲",

并称乐于"把自己归入如此高贵的师承关系之中,从而获得信念,确信我不再踌躇、积极撰写的作品值得我将为之花费气力"。

《墓畔回忆录》中最美的部分不正是中止在一种与小玛德莱娜蛋糕相类似的感觉上的?"昨晚我正独自散步……一只栖息在桦树枝杈顶端的斑鸫啁啾鸣叫,把我从沉思中唤醒。这富于魔力的啼声当即使我眼前重现父亲的城堡。我忘掉了不久前目击的一场场劫难,被突兀带回旧时,重又见到我听惯了斑鸫啁啾的田野。"而在这部回忆录最美的两三句中有一句不正是:"从一小方块蚕豆花盛开的田里,散发出天芥菜甜丝丝的香味;给我们送来芳馨的不是故国的微风,而是纽芬兰狂野的风,与谪居的作物没有关系,没有令人喜悦的淡淡的回忆和快感。在这没有经过美呼吸的、没有在美的胸臆中纯化的、没有散布在美的痕迹上的芳菲中,在这满负着晨曦、文化和人世的芳菲中,栖止着所有悔恨、离别和青春的感伤。"(《追忆似水

年华》第七卷《重现的时光》）

　　《追忆似水年华》里小马塞尔的童年乐园"贡布雷"（Combray），乃以现实中的伊利耶为原型，而其地名则很可能是以"贡堡"（Combourg）为词源构成的（普鲁斯特对地名学很有研究，曾借小说里的索邦教授之口，发表了许多关于地名的见解）。普鲁斯特盖借此向夏多布里昂致敬，因为《墓畔回忆录》从声音和气味的角度，启发了他对于无意识回忆的重视，催生了关于"小玛德莱娜蛋糕"等的美妙描写。

　　黄昏时分我离开贡堡，站台上仍是空无一人。我坐上圣马洛来的站站停的慢车，返回夏多布里昂上中学的雷恩。他那个时候还没有火车。他的马车大概直接从古堡出发，沿着湖畔的那条大路驶向雷恩。

　　那么现在，你会去贡堡吗？

2017 年 8 月 26 日
（原载 2017 年 11 月 14 日《新民晚报·夜光杯》）

只会数到三

都说法国人数学差,这个一点不假,只要去一下超市、卖场,跟收银员打个交道,立马就能明白的。

有一次,我去雷恩的宜家,肚子饿了,要了一份瑞典肉丸。我指指十颗那种的图片,黑"卖蛋母"(大妈)二话没说,刷的一勺子,数了数,把盘子递给我。到了收银台,这次是白"卖蛋母",也数了数,噼里啪啦打出了十五颗那种的价钱。我不服,指指十颗那种的图片,又指指我的盘子;白"卖蛋母"气定神闲,指指我的盘子,又指指十五颗那种的图片。我没辙了,付了钱,端到餐桌上,自己数了数,十三颗!

还有一次,我去家乐福超市,不多几样东西,心算了一下,准备好了零钱。收银员刚打出金额,我就把钱递给了她。她接过一数,若合符契,惊得大张着嘴合不拢来,一副匪夷所思的样子,大概觉得遇到了数学界的李小龙。

要说法国人数学差,还有一个证明,那就是法语里的数字,只数到六十(soixante),就不肯往上数了。比如说,"七十"不说"七十",而要说"六十加十"(soixante-dix),"八十"则要说"四个二十"(quatre-vingts),等等。那天我在孚日广场的雨果故居,想买本原版的《九三年》做纪念,在一摊子的雨果小说里寻寻觅觅,排除了《巴黎圣母院》,又排除了《悲惨世界》,但还是确定不了应该是哪本。有一本看上去有点像,可就是书名有点长——中文不是才三个字吗?所以就被我排除了。后来猛醒:法语里哪有什么"九三年",只有"四个二十加十三年"好哦,这样书名自然就长了。一问,那本书名很长的,果然就是《九三年》(*Quatrevingt-treize*)。

想来大概古时候的高卢人(法国人的祖先)穷,农夫的牛,牧女的羊,家家的葡萄藤,户户的橄榄树,都多不过六十的,再往上就是"恒河沙数""天文数字"了,所以才不需要更大的数吧?(不过我们也不必瞧不起高卢人,想想我们拥有的房地产，能数到一二就已经很满足了；再想想我们的人均年读书量，也是个位数就能表达清楚的。）

不过，高卢人虽然财产不多，却擅长打仗。想当年凯撒征服高卢，吃足了苦头，后来写回忆录时，还心有余悸，说罗马男子年不满十五、超过八十的，可以免服兵役，但高卢人造反时例外。（此处插一句：古罗马的兵制怎么跟我们汉朝的一样啊，汉乐府里不是有"十五从军征，八十始得归"吗？难道他是到罗马当佣兵征高卢去了？）想象高卢游击队员抓住了一个罗马老兵，兴高采烈地向首领报告："亲爱的'卖靴'（先生），我们抓住了一个四个二十岁的罗马鬼子，不过他可能是从汉朝来的……"

法国人数学差，法国数学家却是世界一流，这个矛盾我怎么也想不通。我们当然可以假定，世上有两种法国人，一种是数学家，一种是其他人，他们分别遗传，基因不同；但我更倾向于认为，他们的遗传基因其实是一样的，只是有些人已经成为了数学家，而其他人则尚在成为数学家的路上。

我说了半天法国人数学差，好像自己数学有多好似的，事实却远非如此。至少到目前为止，我用法语数数，最多只能数到三（偶尔运气好，想得起四来），离数到六十还远着呢！这辈子能否用法语数到六十，说实话我也不敢抱有奢望。所以，若要嘲笑法国人数学差，其实我是最没有资格的。

可也不用嘲笑我，我能用法语数到三，已经很不容易了。尤其是，说是三个数字，买三送一，其实乃是四个。因为那个"一"，事关宇宙的起源，所以"一分为二"，分了阴阳，有阴一（une）和阳一（un），分别用于阴性和阳性事物，很唯物辩证法的。可惜我无法举例，因为分不清阴阳。这个委实太难了，就连张爱玲也抱怨："到处都是阴阳，就像法文的文法，手杖茶杯都有男女之别。"（《天地人》）即如我去集市买鱼，都是加工好的鱼肉，我怎么知道它们伟大的生前是雌是雄？即使活蹦乱跳的，像花木兰一样，我又哪里知道它们的雌雄了？再说了，谁买鱼还会先辨别雌雄？所以每次买鱼，我都很纠结，不知该用哪个一，结果就胡乱说，反正人家也懂；有时多买一条，以免选择之累。后来遇到法语专家，却告诉我说，鱼的阴阳,不是按照雌雄,而是按照品种来决定的。比如鳟鱼是阴的,三文鱼却是阳的,并不管其本身雌雄如何的。这就更是玄乎了,我只能缴械投降。

但是话说回来,其实在法国,用法语数到三,就差不多够用了。比如我去买可颂,如果要买三个以上,我就换个品种,反正面包种类丰富,每种买三个,也足够吃的了。遇到有些店家搞优惠,买三送一,想不起四更没有关系。

就这样,我这个只能用法语数到三的异乡人,在竟能够数到六十的法国漫游着,如鱼得水,得陇望蜀,既没冻着,也没饿着,殊为不易,殊属奇事。喔啦啦!

2017 年 8 月 17 日

(原载 2017 年 12 月 12 日《新民晚报·夜光杯》;《青年文摘》2018 年第 11 期,即 6 月上期转载)

索米尔的葛朗台

　　法国有两个葛朗台，一个在巴黎，一个在索米尔。巴黎的是弟弟，索米尔的是哥哥。两兄弟都做葡萄酒生意，自巴黎的葛朗台结婚以后，竟有二十三年没见过面。巴黎葛朗台做葡萄酒生意破了产（间接地也是因为索米尔葛朗台做得太好），自杀前，把宝贝儿子夏尔托付给索米尔的哥哥。巴黎的公子哥儿到了外省，再不像样也会光彩照人，何况还是个天真未泯的美少年；堂姊欧也妮自然是一见倾心，生平第一次梦见了爱情，坠入了情网而不能自拔。这就像当年知识青年上山下乡，傻小子丑小鸭都成了俊男靓女，让小芳们铁蛋们一点春心不自持。

　　索米尔的葛朗台目光如炬，看穿了侄儿是个纨绔子弟，径直打发他到殖民地去历练；欧也妮则天经地义地看走了眼,把花花公子看成了如意郎君,把自己的全部积蓄都资助了堂弟。这就导致了老葛朗台对女儿一百个不放心,迫使她放弃了对母亲财产的继承权。虽然明知自己身后一切都将留给女儿,但只要活着就要掌控所有财产;死了更要女儿好好照看一切,以后好到"那边"去向他交账。

后来,夏尔在殖民地经风雨见世面,果然成长为冷酷的殖民主义者,靠贩卖人口(其中包括中国人、黑奴、儿童等等)挖到了第一桶金,更不把人权什么的放在眼里。他的心变得冷酷、狭隘、无情,葛朗台家族的血统没有失传。欧也妮最终遭到了堂弟的遗弃。她报复的手段居然是替他还债,意思是教他后悔自己有眼无珠。老葛朗台地下有知当吐血三升,不知道欧也妮以后怎么向他交账?

一切都证明,老葛朗台虽然为人吝啬,有种种的毛病缺点,但看人眼光精准老辣,把侄儿、女儿都看了个透彻。

然而,我这就不懂了,读者为什么都怪老葛朗台冷酷,反倒站在他那糊涂女儿一边呢?如果你先富了起来,积累起了万贯家财,偏巧生的又是女儿,你还会这么想吗?

巴尔扎克这么写当然有其理由。欧也妮的原型是他的一个女友，在他默默无闻时曾资助过他，他作为受惠者实在是心存感激，想用欧也妮的形象来投桃报李。但你又不是巴尔扎克，何况生的也许是女儿，运气好先富了起来，有必要跟他口味一致吗？

我一边徒劳地思索着这些无解的问题，一边绕着索米尔山丘上的城堡打转转，可无论如何就是不得其门而入。好不容易找到了城堡的入口，却被告知，今天是半年关门的最后一天，明天起就会恢复半年开放——可我当晚就得离开索米尔！世上有这么嘲弄人的事么？

无奈，我只得顺着坡道往下走。想起了巴尔扎克小说里写的，旧城的老宅子集中在坡道的上端，原来的居民都是当地的大户人家。也就是说，索米尔坡道上的居民，越往上便越是殷实，越往下便越是寒酸，坡道的高低与居民的家产成正比。葛朗台府上的花园都抵着城墙了，显见的是当地一等一的大户。我观察着坡道两边的房子，可实在看不出有什么区别。我努力回想着葛朗台家的大概位置，可惜巴尔扎克的小说没带在身边。

然而我知道，老葛朗台的葡萄园属于当地的"龙头"，出产上等的红酒,虽比不上勃艮第、波尔多,但在卢瓦尔河谷数一数二,一直远销到比利时、荷兰。在索米尔山丘下的小酒馆里,我一边品尝着索米尔的红酒,一边思索着葛朗台父女的关系,越想越觉得是一笔糊涂账。

当晚离开索米尔时,我只能安慰自己说,欧也妮虽不如《金锁记》里的七巧,看得穿想骗取她财产的季泽(七巧其实也后悔过看穿的),但七巧戴着黄金枷锁害人害己,欧也妮则经历过真正的激情,还不停地暗中帮助受苦受难的人,抚平了多少家庭不为人知的伤痛,虽说死而有憾,却不愁进不了天国。

可是那些先富起来的人家,那些偏巧生有女儿的人家,会同意我的这个看法吗?

难道在欧也妮和七巧之间,就真的没有中间道路可走?

卢瓦尔河水还像两百年前那样,不舍昼夜地从索米尔城下流过,流经了老葛朗台曾经的葡萄园,流经了他的白杨树林和草场,也流出了一个让人忧伤的故事。

2017年12月14日
(原载2018年1月11日《新民晚报·夜光杯》)

生米饭

多年以前,有人写过一本书,叫《米饭情书》。我没读过,但光看标题,就惊艳了。只不知是写给米饭的情书,还是用米饭写的情书?我则宁愿是前者,因为对于米饭,我是一往情深的,其理由,《一包米》里有过交待。

这种对于米饭的深情厚谊,当我身处东洋时,还感觉不到什么,唯其到了西洋,尤其是到了法国,而更加浓郁绵长了。

法人的主食是"法棍",常常加上土豆,或者"谷饲谷饲"(碎麦粒),偶尔也有米饭。于是在法餐馆里,每次挑选主菜的配食时,我一开始总是会选米饭。

然而,恐怖的经历开始了!十次里总有九次,米饭都是夹生的!或者也可以说,夹生是常态,煮熟是偶然;

或者还可以说,只有夹生程度不同,没有最夹生,只有更夹生。

中国有句俗话,叫作"生米煮成熟饭",意思是木已成舟,事已无可挽回,大都指悲摧的事情;然而到了法国,面对煮不成熟饭的生米,我才蓦然发现,原来那句俗话竟如此可爱,那种美好的境界,就像在水一方的佳人,实在可望而不可即!

沪语里也有句俗话,叫作"侬吃生米饭啦",意思是吃了生米饭,就会说话呛人,行事不可理喻;也只是到了法国,吃过比"忆苦饭"还难以下咽的生米饭,我才真正懂得了那句俗话的意思。可怜我,每次吃过生米饭,就会像西班牙公牛,红着眼睛,只想找厨师决斗!

对聪明人来说,上当只上一次。可谁让我那么喜欢米饭呢,以至于上当一次又一次!主要是抱了侥幸心理,每次都希望是例外:因为换了地方,因为餐馆不同。但想要吃到熟饭,倒比中彩票还难。

上当多了,没了火气,再面对没煮成熟饭的生米,我除了叹息白扔银子,也只能遗憾地把它剩下,而以附送的"法棍"充饥。每当出现这种尴尬情形,阿南总是默默换过盘子,把生米饭吃得一粒不剩。我想可能从小教他背诵的古诗,什么"谁知盘中餐,粒粒皆辛苦"之类,在这种时候起了副作用吧?可古人说"粒粒"的时候,也不会想到是生米饭啊!奇怪他怎么吃得下去,他却不无悲壮地回答:"有啥办法呢,入乡随俗呗!"

但对我来说,饿死事小,生米饭事大。于是在美丽的法国,我立下神圣的誓言:饿死不点米饭!

可那次在阿维尼翁,为招牌上诱人的海鲜饭照片所吸引,加之前几天在尼姆刚吃过西班牙人做的地道的海鲜饭,顿时忘了"饿死不点米饭"的誓言,竟然毫不犹豫地点了海鲜饭。

旁边那对比我们先到的英国老夫妇,一人一锅海鲜饭,在那里吃得津津有味的,似乎是个好兆头。

海鲜饭终于上桌了!一看锅里生米是生米,汤水是汤水的样子,我们都倒吸一口凉气,面面相觑地僵在那里了。

良久,我实在憋不住了,试探着说:"让他们拿回去再煮煮吧?"

"绝对不行,"阿南断然地说,"这是犯大忌的!我们这么要求,厨师的脸往哪搁?再说了,他也绝对不会接受的。他会说别人都吃得惯,为何只有我们吃不惯?那肯定是我们的问题,而不是他的问题。"

"可是,如果我们不说,谁都不说,他们不是永远都不知道自己错了,永远不知道自己其实不会煮米饭,永远都这么把生米饭喂客人吗?"

"那也没办法。我们不能说。说了也没用。"

"那么顾客呢?看那对吃得津津有味的英国老夫妇,显然不知道米饭应该是什么样子的,还以为米饭本来就是这个样子的。或许,他们以后来到东洋,吃到煮熟了的米饭,还会怀疑是不是做错了……"

"完全有可能。但还是不能说。说了也没用。"

——还要请法国朋友们原谅,彼时彼刻,我的确想到了"东方主义"。

后来在法国的超市里,看到过速食用的米包,上面写着米饭的做法:把锅里的水烧开,把米包扔进去,煮十分钟后捞出——煮方便面、泡袋装茶呢!估计厨师都是这么做饭的,难怪到处都是生米饭了!这就好比中国超市里,出售"法棍"用面粉包,说只要加几克盐,几克酵母,多少毫升水,揉一揉,搓一搓,弄成棍子状,放在蒸笼上蒸一蒸,生煎镬子里煎一煎,出来就是"法棍"了——估计全法面包师协会也要派人过来决斗的!

这样,经历过吃生米饭的种种恐怖经历,大家就可以理解我为何有点大惊小怪,对《米饭情书》这样的书名也惊艳起来。要知道,现在的我,对于司空见惯的煮熟了的米饭,对于电饭煲里香气四溢的米饭,对于我们生在福中不知福的米饭,真的是连写情书的心都有了!

(附记:近据报载,法人正在积极推动"法棍"申遗,连总统也出来力挺,且对有人乱做"法棍"深致不满。当遭遇生米饭危机时,"法棍"于我有充饥之恩,如果我有投票权,肯定会投赞成票,但也会有个附带要求:要求别人别乱做"法棍",还请虚心学做米饭先!)

2018 年 1 月 18 日
(原载 2018 年 2 月 10 日《新民晚报·夜光杯》)

当你老了

"当你老了，头白了，睡思昏沉，炉火旁打盹……"美人最怕迟暮，色衰难免爱弛。不过不用担心，在这个世界上，除了男人和女人，还有一类是诗人，面对美人的担忧，诗人拍胸脯保证："多少人爱你年轻欢畅的时候，／爱慕你的美丽，假意或真心，／只有一个人爱你那朝圣者的灵魂，／爱你衰老了的脸上痛苦的皱纹。"普天下的美人，已迟暮的未迟暮的，这话听了没有不入耳的：已迟暮的固然得了安慰，未迟暮的也觉得上了保险。

这首诗名叫《当你老了》，通过袁可嘉等人的翻译，在中国也很是出名。作者是爱尔兰诗人叶芝，他写这首诗，是为了追求美人茅德·冈。冈美人也是爱尔兰人，名伶兼独立运动家。但据说美人没理会诗人，叶芝追求多年而无果。叶芝另有一首名为《学者》的诗，牢骚满腹，不知是否与此役的败北有关——"秃头人忘怀他们的罪孽/年迈、博学、可敬的秃头人/编辑并且注释诗行/那是辗转反侧的年轻人/在爱的绝望中吟咏出来/去奉承美人无知的耳朵"。

可谁又知道呢，也许美人的耳朵并不无知，人家的如意算盘本来就是：或者就按你诗人说的来，俺现在先让别人爱爱，你么留待俺老了再说——你诗人既然爱俺老境，那就不妨先做个"备胎"。

这也难怪，美人也许还是满头秀发，还顾不上诗人开的保单，所以，即便她愿意相信，也未必就会领情。

况且，美人又真敢相信么？等到美人真的老了，头白了，满脸皱纹，睡思昏沉，炉火旁打盹，你诗人还会这么说么？焉知诗人开的不是空头支票，保险公司将来不会破产倒闭？

除非美人是杜拉斯，也许才真会碰到这样的美事。"我已经老了，有一天，在一处公共场所的大厅里，有一个男人向我走来。他主动介绍自己，他对我说：'我认识你，永远记得你。那时候,你还很年轻,人人都说你美。现在,我是特为来告诉你,对我来说,我觉得你现在比年轻时更美。那时你是年轻的女人,与你那时的容貌相比,我更爱你现在备受摧残的面容。'"(《情人》)——但文人的笔真的靠谱吗?焉知作者不是在虚构呢?

也正因为这样,可叹诗人的这首拍胸脯诗,或许能打动普天下不相干的美人,却未必能打动他所倾心的那位。

然而,这种打动美人的手段,叶芝却并非始作俑者,而是学步于数百年前的同行、法国大诗人龙沙的。龙沙为情诗圣手,人称"不朽的手"。他有《埃莱娜十四行诗》,整整一百三十首情诗,都是献给美女埃莱娜的,其中就有一首《当你老了》。诗歌上来就设想未来,美人迟暮以后的情景:"当暮色苍茫时分,你已是龙钟老妇,/你坐在炉火旁边,正点起蜡烛纺线,/你不无感慨地说,一边唱我的诗篇,/龙沙当年为我的美貌曾写诗作赋。"然而到了那个时候,美人已经追悔莫及,因为她曾经拒绝了诗人,而诗人现已长眠于地下:"我已躺卧在地下,幽魂离开了躯体,/我已在香桃木的浓荫下长眠休息,/而你这位老妇人蹲下来,围着锅台,/为你的清高,也为我的爱情而懊恼。"写到这里,诗人图穷匕首见,透露了真实意图:"及时生活,相信我,请不必再等明朝:/生活里的玫瑰花,要今天马上去摘。"——这也就是杜秋娘"劝君莫惜金缕衣,劝君惜取少年时。花开堪折直须折,莫待无花空折枝"(《金缕衣》)的意思了。

写那些情诗时,龙沙已经五十多岁了,已是所谓的"老男人",埃莱娜却还是青春年少。所以问题不在"当你老了",而在诗人自己已经老了。而龙沙的诡计不言自喻:他是要用未来的迟暮,来吓唬现在的美人;用自己诗歌的魅力,来掩饰年龄的弱势。由此可见,诗人并非省油的灯。可惜吓唬没能奏效,埃莱娜没理睬龙沙——玫瑰花固然要今天马上去摘,但有缘摘的人却未必是你!美人之灯也不省油,情诗圣手照样败北。

虽然诗人觉得美人不领情会吃亏,但后辈诗人替她们算来算去,总觉得占了便宜的还是美人。龙沙过后数百年,若瑟-玛丽亚·德·埃雷迪亚题其《情诗集》道:"玛丽以及埃莱娜,骄傲的卡桑德拉,/你们的玉体本来

远西草

也会是黄土一把，/ 玫瑰花和百合花，到明朝都会枯朽——/ 在塞纳河的河滨，金色卢瓦尔河畔，/ 如果龙沙不朽的手，未为你们额头 / 借爱神的香桃木编织赞美的桂冠。"卡桑德拉和玛丽，是龙沙年轻时追求过的另外两个美人，《卡桑德拉情诗集》《玛丽情诗集》就是献给她们的。不过那时龙沙还年轻，胜算也许会大一些？

那年我沿着卢瓦尔河西下，来到了龙沙的归宿地图尔——那也是巴尔扎克的出生地。在圣科姆修道院的废墟里，我寻寻觅觅龙沙的坟墓。当我找到他的坟墓时，发现并没有香桃木的浓荫（不像缪塞，希望朋友们在自己的墓畔栽一棵柳树，后来他的墓畔果然就有了一棵柳树），也没有任何醒目的标志，只是平躺地上的一方碑石，周边围了一圈草皮而已（就像孔子说的"古也墓而不坟"）。龙沙长眠于此，直到三百五十年后，一个医生在这里挖出了他的遗骸，诊断他患有严重的关节炎，晚年应该是饱受了该病的折磨——原来，"不朽的手"竟是双关节僵硬的手！然而，他就用那双关节僵硬的手，写下了那些曼妙的低吟浅唱，去奉承美人无知的耳朵，让美人从此青史留名。

不过,诗人也用不着抱怨,他的诗篇并不白写,最终成就的还是他自己的不朽名声,而美人则不过是缪斯利用的道具。

2018 年 1 月 28 日

(原载 2018 年 5 月 31 日《新民晚报·夜光杯》)

当你真的老了

生活里,他十五岁,在海滨度假时,爱上了一个二十六岁的夫人。对正值青春期的少年来说,这样的初恋,电闪雷鸣,刻骨铭心,而又多半毫无希望,足以焚毁他的整个世界。

不知他后来是怎么逃生的,只知道他们成了好友,友谊持续了一生。他后来曾有过若干情人,还在青楼染上过脏病,但自称此生只爱过她。他终身未婚。

也许写作拯救了他,他把她写进了小说里。

小说里,他十八岁,在返乡的轮船上,爱上了一个美丽的夫人。此后,他想方设法接近她,取悦她,打动她。无数次的挫折,只让他愈挫愈勇。有志者事竟成,恪守妇道的她,终于被他打动,答应与他约会。他们约定了日子,他租好了房间，布置好了爱巢，内心蠢动着欲望，等候着她的光临。这一刻，他等了整整八年。只有初恋才会这样。跑过爱情的马拉松，他已经二十六岁，她也快四十了吧？

然而她没有来。

他不知道原因。

原来是她的孩子突发重病，差点死掉。她整天守在孩子的床前，觉得这是苍天的一个警告。孩子得救了，爱情成了献祭。

再次见面，已是十九年后。那年的一个春日，在夜幕降临时分，他独自待在书房里，这时走进来一个女人。是她。

他们互相倾诉着往昔的岁月。她其实也一直深爱着他。这爱情该是何等深切，离别这么久后依然存在。他无怨无悔。以往的痛苦得到了酬报。

她丈夫已病入膏肓，孩子们已长大成人。他猜想她今天是来委身于他的，为了完成十九年前的那个约会。这激起了他比以往更强烈的疯狂热切的欲望。

她摘下了帽子。搁在一张脚桌上的灯，照亮了她的白发,他犹如受到当胸一击。

她已经不是那个女人了!

他有了某种难以言喻的感觉,一种厌恶,好似乱伦的恐惧。

另一种担心,以后会腻烦的担心,也使他不敢轻举妄动。

何况,这将添多大的麻烦啊!

一方面出于谨慎,另一方面不想贬低自己的理想,他转过身去卷一支香烟。

于是一切都结束了。

……

生活里,他刚二十出头,就开始写这个初恋故事。写了两年,写完了,自己不满意,束之高阁。

过了整整十九年(也是十九年!),他四十多岁了,跟小说结尾时,小说里的他,年龄相仿。他重新拾起了这部小说,又足足写了五年,才终于大功告成。

比较过小说初稿和定稿的人说,除了题目依旧,这已经不是同一部小说了。

这中间到底发生了什么，使得小说的写作搁置了十九年？然后又曾发生了什么，使得他重新开始了小说的写作，并且把它写得与初稿面目全非？

我不免猜测，生活里的他，在冥冥中等待着，等待着遇到小说里的他，最后所遇到的那个场面，以带给小说一个非同寻常的结局，照亮整个故事并赋予其意义。

那就是她的白发。

生活里的她的白发。

小说里的她的白发。

有了她的白发，他才终于摆脱了恋爱小说的陈词滥调，让一个老套的浪漫故事凤凰涅槃；或许，也让自己从那段无果的激情中逃生。

"不管怎样，我们曾深深相爱。""可是谁也不属于谁！""也许这样更好。""不！不！我们本来会多么幸福！""噢！有您那样的爱，我想是这样！"

她和他的这段对话，暗示了她的白发何以会结束一切：因为十九年的岁月，没有相濡以沫地走过；因为落叶般的日子，没有被一起"捂热"过——其实她早已是个

远西草

陌生人!

　　一个年轻人的故事,只有事后回头去看,才会懂得它的含义。所以他等了整整十九年,才终于等来了这个结局,弄清了整个故事的含义。于是一部杰作诞生了,这就是福楼拜的《情感教育》,副标题是"一个年轻人的故事"。

　　顺便说一句,1864年秋福楼拜动笔重写这部小说前,他少年时的初恋施莱辛格夫人曾去克鲁瓦塞看过他,正好也是时隔十九年。

　　小说出版后,除了屠格涅夫等个别人,全法国没人喜欢这部小说,尤其不能接受这个结尾。福楼拜为此纠结了整整十年,直到临终前还在耿耿于怀。"您的行吟诗人正被人以闻所未闻的方式踩在脚下。看过我的小说的人们不敢和我说话,出于怕受牵连,或出于对我的怜悯……没有一个人,绝对没有一个人为我说话。"(1869年12月致乔治·桑)"我认为对这本书的评价不公平,尤其是它的结尾。对此,我对读者大众还记着仇呢。"(1879年11月19日致屠格涅夫)"公众对《情感教育》一书是不公平的,对结尾的判断尤令我气愤。"(1879年12

月10日致博雷娜）

这些都是题外的话了。

……

诗人对美人拍胸脯保证,当你老了,头白了,睡思昏沉,炉火旁打盹……我会爱你衰老了的脸上痛苦的皱纹。但听了小说家讲的故事,美人也许可以明白了,原来这都是有条件的:除非相濡以沫地走过,除非一起把日子"捂热",否则……一切都结束了,你只是一个陌生人!

2018年2月18日
(原载2018年6月27日《新民晚报·夜光杯》)

"老佛爷"在这头

中国人去巴黎,谁不会去"老佛爷"呢?

当然,谁都知道,此"老佛爷"非彼"老佛爷",指的是法国著名的百货店"拉法耶特",中国人把它谐音为"老佛爷",真逗。

拉法耶特大名鼎鼎。他是法国的贵族,却支持大革命,起草了《人权宣言》,设计了三色旗;还在大革命前,他就参加过北美独立战争,被美国人奉为英雄。在法美两国,用他名字命名的地方很多,城市、街道、广场、公园、教区、学院、军舰……百货店不过是其中之一。

"老佛爷"法国各地都有。巴黎的"老佛爷"旗舰店,位于奥斯曼大街40号,隔壁54号就是春天百货(在上海叫"巴黎春天"),是中国游客趋之若鹜的圣地。

当你在夜幕降临后经过那一带,你会看到美丽的霓虹灯点亮夜空,你的心跳会不由得加快。你加紧脚步朝它走去,又会看到另一道风景:在美丽的霓虹灯下,似有繁星在闪烁。这让你忍不住赞叹,哇,到底是"老佛爷",景致果然别样!等你终于走近了,你就会哑然失笑,原来那闪烁的繁星,都是香烟头的微光!在"老佛爷"门前的台阶上,有众多男士在抽烟。你从他们中间穿过,发现他们大都长着跟你相似的脸,多半是你的同胞吧。

他们的女人呢?当然在里头!你一步入"老佛爷",便会看到在它镂金雕花的巨型穹顶下,在岛屿般星罗棋布的柜台间,有无数的人,主要是女士,拎着大包小包,像鱼群一样缓慢却汹涌地流动着。此情此景,也许会让你想起左拉的《妇女乐园》,如果你读过的话。你还没回过神来,就有人向你问路:"请问,退税处怎么走?"一口道地的京片子。你无师自通地指指一列长长的队伍,建议她不妨去那边问问。

此刻你恍如置身于国内的百货店,唯一的不同是雇的都是老外店员。黑的白的店员会跟你说"你好",而不再是一门之隔的"笨叔"（你好）或"笨叔坏"（晚上好，得用沪语念）。你试探着问他们厕所在哪，他们会热心地指给你看。而你知道，这是"老佛爷"独有的优待，在巴黎一般的百货店里，你休想轻易找到厕所！

解决了内急，逛过了商店，我走出"老佛爷"，不免松了一口气。沿着奥斯曼大街，我朝西走去。奥斯曼大街不长，总共不到两百号门牌。在大街中段的一个路口，圣奥古斯丁教堂附近，有一座奥斯曼的雕像。在19世纪后半叶，奥斯曼彻底改造了巴黎，今天我们所看到的巴黎，其实是奥斯曼的巴黎，除了一些教堂与宫殿，古民居早已荡然无存。"老巴黎不复存在（城市的模样，／唉，比凡人的心变得还要迅疾）。"波德莱尔牢骚满腹（《天鹅》）。雕像，以其名字命名的大街，都是纪念奥斯曼的。奥斯曼雕像与"老佛爷"之间，或者像普鲁斯特说的，春天百货与圣奥古斯丁教堂之间，奥斯曼大街102号，是普鲁斯特的故居之一，他在那里完成了《追忆似水年华》的绝大部分。

然而我知道，即使到了那里，我也是进不去的。普鲁斯特的故居,现在是一家银行,而且正在装修。曾经有一个白天,我专程去那儿,银行正在营业中。我问前台小姐,可否上楼去看看,三楼有普鲁斯特的房间。她坚决地说不行。我说有人上去看过的,她说那是前一家银行,曾保留了普鲁斯特的房间,但现在换了她那家银行,就把普鲁斯特的房间拆了,改造成了银行办公室,原来属于普鲁斯特的家具,都搬去了卡纳瓦莱博物馆。我说那我办张你们的卡,成为你们银行的客户,可否上去看看那间办公室?她说即使成为银行的客户,也没必要去楼上的办公室……

于是我只好在外面徘徊,看看那块故居纪念牌。它倒是被保护得很好,为怕建筑垃圾的侵害,上面还罩了一层薄膜。纪念牌上写着,1907 至 1919 年,普鲁斯特曾住在这里(确切地说,他是在 1906 年底迁入的)。那正是"老佛爷"烈火烹油的扩张时期,普鲁斯特则塞向墐户,两耳不闻窗外事,挑灯永夜,闲著人间不见书。1912 年,"老佛爷"经过华丽装潢,重新亮相,轰动巴黎;普鲁斯特则完成了《追忆似水年华》的初稿,却无人问津。

远西草

1919年，一架飞机成功地降落在"老佛爷"屋顶，"老佛爷"以策划此事而名声大噪；普鲁斯特也以荣获龚古尔文学奖而声誉鹊起，却被一家银行赶出了这里（一年前他的舅妈房东艾米莉·韦伊把房子卖给了瓦兰-贝尼埃银行）……而近百年后，"老佛爷"的大名在中国如雷贯耳，成了无数人心目中的巴黎地标；《追忆似水年华》中译本问世后，在中国刮起了普鲁斯特旋风，"圈粉"无数，我也是其中的一个，所以到这里来"朝圣"。

那家银行装修完毕、拆除了脚手架以后，我又去过一次，这次是去告别。外立面已面目全非，只有纪念牌依旧，且已除去了薄膜。我不再徒劳地试图攻上楼去，只是在外面的人行道上坐坐。我端详着这栋建筑，百年前刻的"Varin-Bernier"（瓦兰-贝尼埃）字样仍在，而曾经赶走了普鲁斯特的银行却早已无存。于是心里不免暗想，现在的这家银行，也总会倒闭的吧？

不过，哪怕全世界的银行都倒闭了，普鲁斯特还是会继续存在的吧？

想也白想。还是仍朝东走，去"老佛爷"逛逛吧——

听说它最近正在抢滩中国,已在北京开设了分号,不久也会来到上海。也许过不了多久,我就可以在上海逛它了(2019年3月23日,"老佛爷"上海分号开始试营业)。

我很好奇,在中国人的心目中,"老佛爷"与普鲁斯特,究竟谁更能代表巴黎,谁更能代表法兰西的荣耀?

走在奥斯曼大街上,有感于普鲁斯特故居的消失与"老佛爷"的热闹,遂戏仿余光中的《乡愁》,胡诌了这么几句:

> 中国人的巴黎
> 是一条短短的奥斯曼大街
> "老佛爷"在这头
> 普鲁斯特在那头

念给别人听,别人也会笑笑的。

2018年7月5—8日
(原载2018年7月21日《新民晚报·夜光杯》)

圣马洛

住在雷恩的时候,我常常去圣马洛。于是有朋友说,你为何不写写圣马洛呢?

我常常去圣马洛,当然是因为喜欢。听说昆德拉也喜欢,他到雷恩的第一天,说了句"雷恩真丑,实在是丑",就跑去了圣马洛。我常常去圣马洛,倒不是因为雷恩丑,而是因为圣马洛美;尤其因为它有夏多布里昂,他出生的祖屋,他埋葬的坟墓。要写圣马洛,那就先写他吧。

圣马洛海滨,通过一条涨潮时会被海水淹没的暗礁上的道路(圣马洛的摩西之路),去到一个名叫"大贝"的无人小岛,有一座花岗岩坟墓,面朝拉芒什(英吉利)海峡,就是夏多布里昂之墓。只有十字架,没有墓碑,没有铭文,也没有任何装饰。

几乎所有的法国文豪,不是葬在巴黎的这个公墓,就是那个公墓,最了不起的进了先贤祠;却很少有人像夏氏那样,选择荒凉的海滨小岛,让自己面朝大海,却再不春暖花开。

这是他生前自己的选择。他1848年7月4日去世,四天后举行了葬礼,巴尔扎克也参加了。"我说葬礼而不是下葬;因为德·夏多布里昂先生早就在圣马洛近海中的一个巉岩上提前建造了他的坟墓。"在《夏多布里昂》一文中,雨果特意解释说。生前建造自己的陵墓,这是帝王才有的举动,夏氏就这么霸气么?然而他又并不树碑刻铭——也许《墓畔回忆录》就是碑铭?

似乎怕人们不懂夏氏的心思,坟墓旁石垣上贴有一块铜牌,上面写着:"一位法国文豪希望在此憩息,因其惟愿聆听海涛与风声。过客,请尊重他的遗愿。"

文豪的遗愿果真如此么?

少年雨果是夏氏的崇拜者,说过那句流传甚广的话:"要么成为夏多布里昂,要么什么都不是!"可是说起夏氏的妻子,却极尽刻薄之能事:"她在家像凶神恶煞……

她责骂丈夫、亲戚、朋友、仆人,尖酸刻薄,假正经,讲人坏话,出口伤人……她长得丑陋,脸上有小麻子,大嘴,小眼睛,身材单薄,装作贵妇模样……从出身来说,她只不过是圣马洛一个船主之女。德·夏多布里昂先生怕她、憎恶她、宽容她、奉承她。"(雨果在嘲讽夏氏妻子时似乎气疯了,忘了自己母亲也是南特一个船主之女。)

雨果下笔如此毫不留情,是因为他微时登门求见,受够了夏氏妻子的嘴脸;仅有的一次好脸色,也是为了慈善义卖,敲诈了他一大笔钱。"那时节,我十五个月只有八百法郎好开销。天主教的巧克力和德·夏多布里昂夫人的微笑使我花了十五个法郎,就是说二十天的伙食费。十五法郎,当时这对我就像今天的一千五百法郎。这是卖给我的最昂贵的女人的微笑。"少时受过的屈辱是可以记恨一辈子的,甚至影响了他对布列塔尼人的观感(但无论圣马洛还是南特都属布列塔尼,雨果母亲其实也是布列塔尼人,其情人朱丽叶也是布列塔尼人)。

这也许可以解释,夏氏妻子去世时(1847年2月12日),夏氏参加完葬礼,回家时哈哈大笑。一个朋友说:"这是脑子进水的表现。"另一个朋友说："这是有理智的证明！"雨果自然赞同后者。"我诅咒我的婚姻。这场婚姻使我步入歧途，夺去我的幸福。"在《墓畔回忆录》中，夏氏发过牢骚的。

夏氏的婚姻是家人包办的，他最爱的小姐姐吕西尔最起劲（也许想借此摆脱对弟弟的"罪恶"感情）。婚前他对妻子一无所知，整个过程听凭家人摆布。"为了避免一个小时的烦扰，我愿意当一个世纪的奴隶。"夏氏后来推诿责任道。

三年后，他曾有机会改变这段婚姻。1795年，他流亡到了英国，寄住在一户牧师家里。那家的女儿叫夏洛特，妩媚而温柔，深深地爱上了他。这也是他的初恋，令他丧魂落魄。夏洛特母亲代女儿向他求婚——他家一直以为他未婚。当他说出"我已经结婚了"时，夏洛特母亲晕倒了……

"我写作时，她的形象坐在我面前。当我的目光从纸张上抬起来，望着我热爱的形象，好像她真的在我面前……夏洛特从一道光线里走出来，统治着我……我青春时代的初恋呀,你带着你的魅力逝去了!的确,我刚才重新看见夏洛特,但是,这中间过去了多少年?"这是过了二十七年写下,又过了二十四年修改的,这中间过去了半个世纪!而修改后没多久,夏氏就瘫痪了;又过了几个月,夏氏便去世了,享年八十岁。

……

"遗体不能马上运往圣马洛,因为起海浪的缘故,遗体只能在 7 月 18 日葬入坟墓。"雨果又这么写道(雨果记忆稍有出入,下葬实际是在 7 月 19 日)。其实影响下葬的不是海浪,而是潮汐。通往夏氏坟墓所在小岛的道路,一天两次会被潮水淹没;如遇上天文大潮,则整日都会淹在海水中。我每次都登上了小岛,但有人去了好几次,就是没能登上小岛。雨果说的就是这回事,只不知是他没写清楚,还是译者没译明白?

记起那次从小岛上回来,坐在朝向海峡的堤岸上,吃着一个硕大的"盖吧"(肉夹馍),看着潮水渐渐涨上来,游人们纷纷撤离小岛。眼看着潮水开始淹没道路,却有几个游人还滞留小岛,堤岸上的看客都惊呼起来。

几个工作人员涉水过去,拉着游人安全撤回岸边,又引起了看客们阵阵欢呼……

海峡云淡风轻,游轮进出港湾。小岛重又孤立于海中。岛上只有夏多布里昂,背对他出生的祖屋,面朝夏洛特的祖国。

2018年10月9—11日
(原载2018年11月12日《新民晚报·夜光杯》)

去年之雪

今天是"大雪"节气,雨雪如约而至——新闻里如是说。每当听闻下雪的消息,我就会不由自主地想起法国诗人维庸的那句"去年之雪今何在",出自其诗集《大遗嘱集》里的歌谣《往日的贵妇》,可能也是众多知道维庸其名的人唯一记得的其诗句——现在还有谁会去读他的大小《遗嘱集》呢?

去年之雪,不知何在,而去年春天,我又来到巴黎,住在拉丁区。安顿好已近子夜,不知身在何处。翌日清晨,出门买可颂,才走没几步,就来到一条窄窄的长街上,一了解路名,原来就是大名鼎鼎的圣雅克街,巴黎最古老的街道之一,才知道无意中闯入了维庸的地盘。"忽然听见了索邦钟楼的钟声,/大钟总在晚上九点长鸣。"

索邦就在圣雅克街的北头,维庸的住处离索邦不到百步。

英国人在鲁昂烧死圣女贞德那年(1431),维庸出生于巴黎。本来并不姓维庸,因为成了孤儿,被圣雅克街上一间教堂的神甫收养,所以才跟着改了姓,从此经常让该姓蒙羞——当然后来又让其闪光。虽然他从巴黎大学毕了业,但就像当时的许多大学生,叛逆放荡,酗酒闹事,斗殴偷盗,样样精通,件件拿手,入狱成了家常便饭。甚至还在一次斗殴中,砸死了一个教士,先判死刑,后遭赦免。他不思改悔,继续偷盗不止,又判死刑,又遭赦免。终于在三十二岁上(1463),被彻底逐出了巴黎,从此杳如黄鹤,不知所终(曼德尔施塔姆《弗朗索瓦·维庸》说,维庸于该年11月在圣雅克街上围观斗殴时被杀死)。

这么一个劣迹斑斑的混混儿,一个声名狼藉的盗贼,甚至一个杀人犯(不过李白也杀过人),却竟然青史留名,全仗着他是个天才诗人。"贫困导致错误的行为,/饥饿把野狼赶出林莽。"他这样为自己的劣迹辩护。"'人穷志短',人若极度贫苦,/就无法讲太多的礼仪。"宛如"仓廪实而知礼节"的反片。"我已经三十,到这而立年／受尽全部的奇耻大辱。"他倒是会得自怜自艾。"苦难揭示我的种种怀疑，／把世间的一切全然揭开。"苦难果然是最好的老师。"但我享受过人生的快乐，／公正的死亡我不畏惧。"应是回应"去年之雪"的吧？"在一切人当中我最不完美"，"我知道一切除了我自己"……维庸就这样谈论着自己，把"自我"引入了法国诗歌，成为后来卢梭、塞利纳们的先驱。同时期明朝正流行"台阁体"，凡事都归结到"皇恩浩荡"，一比对才知道维庸的好处。

读维庸的诗，最大的感受，就是他是个典型的法国"愤青"，无论是1789年的大革命、1871年的巴黎公社、1968年的"五月风暴"，还是最近的"黄马甲"运动，其中应该都少不了他的身影；而那些身手矫健地推翻汽车又点燃之的年轻暴徒，看起来也确实像是他的徒子徒孙——他们中间也许也有个把诗人？

维庸生前诗名与贼名同辉，身后沉寂了好几百年，自19世纪中叶起，行情重新看涨，与美国的爱伦·坡一起，被奉为法国诗界教父。在巴黎的这里那里，可以看到他的雕像，身着一袭敞袍，像个游方僧人。"干枯而黝黑，无眉，瘦小如鬼怪，那个头就连他本人也承认活像一颗带壳的、烤过的干果。"（曼德尔施塔姆《弗朗索瓦·维庸》）想来不难理解，波德莱尔、魏尔伦、兰波……这些天才的法国诗人，哪一个不是生活混乱、精神疯癫，却又才华横溢、个性张扬，写出了法国最像诗的诗（在我这个中国人眼里）……

圣雅克街163号之一，接近索邦那头的一个街角，有一家古老的餐馆，现名"避风港"（Au Port Salut），据说维庸常在那儿买醉。我无数次路过该餐馆的门口，有时候也会停下来，张一张当日的菜单，想着至少应该进去吃一顿，以便看看那些古老的装潢，据说它们见证过维庸的豪饮（挥霍的都是偷盗来的钱吧）。然而我的"东洋胃"却不买天才诗人的账，总把我引向街对面的"河内餐馆"，那里有各种美味的越式套餐：红烧肉、炖牛肉、椰子大虾、柠檬鸭胸……尤其是煮熟了的香喷喷的米饭！有阵子我几乎隔天就去那儿晚餐，由此也认识了年轻的越南"喂得"（侍者），彼此不通汉语越语法语，却用"破英语"（broken

English）相谈甚欢。餐馆的墙上，醒目地贴着一个"忍"字，我问他是否知道意思。他说字虽然不认得，意思却听长辈说过的，就是不要随便生气。我于是顿悟：一街之隔，维庸与"忍"，不就是东西方文化的最好象征么？

然而，"忍"也好，维庸也好，"去年之雪今何在"，一切终归无意义！

2018年12月7—9日
（原载2019年1月7日《新民晚报·夜光杯》）

流动的盛宴

"假如你有幸年轻时在巴黎生活过,那么你此后一生中不论去到哪里她都与你同在,因为巴黎是一席流动的盛宴。"这是海明威关于巴黎的名言(此前茨威格也说过类似的话:"我敢肯定,如果谁在巴黎住上一年,他一辈子都会怀着莫大的幸福回忆这段时光。")。很可惜,我年轻时连上海都没出过,遑论远西的巴黎了;除非是像人们常说的,上海是所谓"东方的巴黎"。不论我去到哪里,一生与我同在的,总是上海,而非巴黎。

然而,我还是去过了巴黎,在巴黎住过,虽然早已不再年轻。我在拉丁区找吃的,找来找去,找到了海明威,他也在那里找吃的。在那些日子里,他在巴黎怎么也吃不饱,总是感到饥肠辘辘。"多走了路,加上天冷和写作,总使我感到饥饿。"以致他晚年回忆早先的"巴漂"经历，还用了"流动的盛宴"做书名，一看就知道是饿过的人写的。那种怎么也吃不饱的饥饿感，我在巴黎时虽不曾遇到，年轻时在上海却是体验过的。

"我一直走过亨利四世中学，那古老的圣艾蒂安山教堂，刮着大风的先贤祠广场，然后向右拐去躲避风雨，最后来到圣米歇尔大街背风的一边，沿着大街继续向前经过克吕尼老教堂和圣日耳曼大街，直走到圣米歇尔广场上一家我熟悉的好咖啡馆。"这是海明威刚到巴黎时常走的一段路，从他的住处到他喜欢的咖啡馆（他路过亨利四世中学时，萨特正好在里面就读，即将毕业）。对于住在圣雅克街附近的我来说，这段海明威之路虽也常走，却是以先贤祠广场为中心分两段走的。

一段往西，通往卢森堡公园一带，两条大街的交会处，是拉丁区的"上只角"，有各式各样的好咖啡馆，温暖、洁净而且友好，令人惬意，海明威喜欢在那儿写作。尤其是在巴黎阴冷的冬天，好咖啡馆外边生着火盆，即便坐在平台上也能取暖，要比他的工作室更加舒适，咖啡钱也不比取暖费更贵（他通常只要一杯奶咖，偶尔才会要酒或食物）。为了抵御街上美食的诱惑，他选择走没有餐馆的路线，让我想起马二先生游西湖。他曾在昂贵的米肖餐厅外面看着乔伊斯一家子在里面吃饭，就像马二先生看着热汤汤的燕窝海参一碗碗在跟前捧过去。他也会谎称有人请他在外面吃午饭，然后去卢森堡公园散两小时步，回家后向妻子描述午饭是多么丰盛。据说他甚至因为饿得发慌，还抓过卢森堡公园里的鸽子。卢森堡公园里鸽子是真多，但我试过，鸽子们都机警得很，它们能靠近你，你却没法靠近它们。海明威大概又是在吹牛，但这个牛吹得让人伤心。也是为了打发午饭时间，他几乎每天都上卢森堡美术馆去看画，看塞尚、马奈、莫奈及其他印象派大师的画（昆德拉看到的是夏加尔，而我在那里只看到过毕沙罗）。他发现饥饿时名画看起来更美，也能更深刻地理解画家的想法。他向往像塞尚绘画那样来写作，试图使自己的小说具有深度。如果卢森堡美术馆关门了，他就去斯泰因家蹭吃喝，就在附近的弗勒吕斯街 27 号，有美妙的油画、蛋糕和白兰地。正是她对海明威说："你们是迷惘的一代。"后来他让这话见鬼去。

  一段往东,经过亨利四世中学与圣艾蒂安山教堂,来到狭窄而拥挤的笛卡尔街、穆费塔街,现在已是名副其实的美食街,有世界各地风味的小餐馆。我想那儿就是"流动的盛宴",当时却几乎没有什么餐馆。笛卡尔街39号,是魏尔伦在那里去世的旅馆(1896年1月8日),顶楼有一间海明威的工作室。每当他文思艰涩的时候,他就站在老虎窗前,眺望巴黎的屋顶和烟囱——法国所有的好作家,波德莱尔、兰波、萨特,好像都住过巴黎的顶楼,都眺望过巴黎的屋顶和烟囱;茨威格年轻时来到巴黎,也曾想循着当年的风尚,住在拉丁区的顶楼上,以比书本更真实地领略该区的风采——但他一直想退掉它以节省开支,因为每个月要付六十法郎的房租。现在他的纪念牌和魏尔伦的一起,挂在底楼一家酒吧门旁的墙上,让人感慨后之视今犹如今之视昔。再稍往东拐就是勒穆瓦纳红衣主教街,魏尔伦住过48号(1894年),乔伊斯住过71号(1921年夏),海明威则在74号三楼住过近两年(1922年1月至1923年8月),与他首任妻子哈德莉·理查森。

当时那是一个不能再穷的街区,他们租了个两居室套间,用煤球取暖,没有热水也没有卫生间,只有一只消毒的便桶,好处是房租便宜。贫贱夫妻百事哀,他们贫穷,却有青春和爱,所以仍十分幸福,从未觉得自己穷。他的小说从那里起步。现在当然又挂上了一块纪念牌,写着《流动的盛宴》里的最末一句:"这就是我们年轻时代的巴黎,那时我们很贫穷,很快乐。"我路过那儿好几次,总想停下来拍照。第一次没拍成,因为蓝色大门前煞风景地停了辆汽车,第二次拍成了。

我就这样走过了一段海明威的"巴漂"之路,读懂了"流动的盛宴"背后的心酸和忧伤。

2018年12月24—28日
(原载2019年4月1日《新民晚报·夜光杯》)

附:海明威《乞力马扎罗的雪》里关于其在巴黎首处住所及周边环境的描写

你能口授这些,但是你无法口授巴黎的那个城堡护墙

远西草

广场，那里卖花人在大街上给他们的鲜花染色，颜料淌得路面上到处都是，公共汽车从那儿出发，老头儿和女人们总是喝葡萄酒和劣质的果渣白兰地，弄得醉醺醺的；孩子们在寒风凛冽中淌着鼻涕；汗臭和贫穷的气味，"业余者咖啡馆"里的醉态，还有大众舞厅的妓女们，她们就住在舞厅楼上……那时，他熟悉那个地区的邻居，因为他们都很穷……就是在这样的贫困之中，就是在这个地区里，街对面有一家马肉铺和一家酿酒合作社，他开始了他此后的写作生涯。巴黎再没有另一个他这样热爱的地区了，那蔓生的树木，那些白色灰泥墙、下半截涂成棕色的老房子，那在圆形广场上的长长的绿色公共汽车，那路面上淌着的染花的紫色颜料，那从山上向塞纳河急转直下的勒穆瓦纳红衣主教街，还有那另一条狭窄然而热闹的穆费塔街。那条通向先贤祠的街和那另一条他经常骑自行车经过的街，那是那个地区唯一的沥青路，车胎驶过，感到光溜平滑，街道两边尽是高耸而狭小的房子，还有那家高耸的下等客店，保尔·魏尔伦就是在那里死去的。在他们住的公寓里，只有两间屋子，他在那家客店的顶楼上有一间房间，每月要付六十法郎的房租,他在这里写作,从这间房间,他可以看到鳞次栉比的屋顶和烟囱帽以及巴黎所有的山峦。你从那幢公寓却只能看到那个经营木材和煤炭的人的店铺。他也卖酒,卖劣质的葡萄酒。马肉铺子外面挂着金黄色的马头,在橱窗里挂着金黄色和红色的马肉,还有那涂着绿色油漆的合作社,他们在那儿买葡萄酒,又好又便宜的葡萄酒。其余就是灰泥的墙壁和邻居家的窗子。

蒙梭公园

每次去巴黎，只要顺路，总会去蒙梭公园走走。这是一座有故事的公园。

话说帅哥阅人无数，这次铆上了老板娘，死活要跟她约会。老板娘垂死挣扎，异想天开，居然把帅哥约在了一间教堂里，大概是想借上帝之力，来平息心中的欲火。帅哥却刻薄她道，这是以教堂为掩蔽所，让上帝来给她拉皮条。

那间教堂名叫圣三一，我也去过的，里面阴森幽暗，果然是约会的佳所，尤其对老板娘来说。大门外有个半圆形小花园，里面有水池、喷泉和长椅。帅哥在七月的骄阳下，在水池畔等候老板娘。我则在长椅上坐下来休息。茨威格那个追踪扒手的"我"，也曾在这张长椅上坐过（《偶识此道》）。

教堂约会不欢而散，但帅哥成竹在胸，不怕鱼儿不咬钩。帅哥打定主意，第一次约会地点由她定，第二次得由自己来定。他约在了蒙梭公园，而她果然也就去了。

蒙梭公园是座英式公园，也就是说，不像一般的法国公园，比如卢森堡公园、杜伊勒里公园、巴黎植物园、凡尔赛花园、枫丹白露花园，横平竖直，几何图形，宛如大操场，而是高低起伏，蜿蜒曲折，小桥流水，错落有致，颇有情调。其实英国本来没有这种公园，后来从中国园林偷学了去（威廉·坦普尔还专门用了一个词"sharawadgi"，来指称中国园林不规则的造园艺术），改头换面，放大尺寸，把中国榜样隐去，再输出到法国，法人就以为是英伦专利了。正如巴尔扎克所说："英国模仿中国营造园囿，称为英国式花园。"（《中国和中国人》）又后来传回到了上海，变身为所谓的"外国公园"，也就是现在的中山公园、鲁迅公园、复兴公园等，其实却是隔壁苏州园林的混血后代。

蒙梭公园里有片古代小废墟，一条小溪流到这里，汇为一个鹅卵形池塘。帅哥就在这里找到了老板娘，她正忐忑不安地沿着池塘周围那半圈柯林斯柱走来走去。当我来到柯林斯柱那里时,有几个华人正在后面打太极拳,我是一直走到跟前才看见他们的,可见地形果然隐蔽,难怪老板娘选择在这里等候帅哥。

但即使这样,下午四点来钟的公园,正是游人最多的时候,老板娘嫌人多眼杂,要帅哥带她去别处。帅哥正中下怀,约她五分钟后到通往大街的北门去找他,他去叫辆马车来——帅哥把老板娘约在蒙梭公园,大概最终为的就是这一步吧?蒙梭公园四面都有门,离废墟最近的这个北门,出去就是古尔塞尔大街,叫马车离开最为方便。帅哥就这样叫了一辆马车,带她去了事先安排好的地方。一座公园成全了一段私情。

这是莫泊桑小说《俊友》(1885)里的一个片段。尽管时隔一个多世纪,当我按照小说情节重走的时候,仍惊讶于其地形描写的精确。

作为小说人物的约会地点,莫泊桑选择蒙梭公园,自然是因为熟悉那里。1869 年,他中学毕业后到巴黎攻读法律,同时继续师从福楼拜学习写作。而从 1869 到

1875年，刚写完不受欢迎的《情感教育》的福楼拜，正好住在蒙梭公园南门外的穆西洛街4号，从他四楼的房间可以俯瞰公园。频频来访的莫泊桑，应该也没少去公园散步吧。当莫泊桑描写约会场景时，也许想起了公园里的地形，据此来安排人物的动线。

在福楼拜的《包法利夫人》中，爱玛在赖昂的进攻下，眼看贞节就要不保，只好求助于圣母、雕像等，接受了教堂守卫带她参观教堂的建议，让欲火中烧的赖昂烦躁难耐，怒不可遏。最终，赖昂叫来了马车，带她离开了教堂，爱玛还是失守了。莫泊桑小说中的类似情节，或许也是在向自己的老师致敬？

另外，不知是否也与莫奈有关。就在莫泊桑写《俊友》的前几年，从1876到1878年，莫奈忽然画起了蒙梭公园，还一连画了好几幅，让巴黎市民大饱了眼福。蒙梭公园位于闹市区，是市民散步的好去处，当年一定颇有人气，今天仍是热闹非凡。

小小的蒙梭公园，画家来过了，小说家来过了，其他艺术家怎肯缺席？1897年，一个叫韦尔莱特的雕塑家，就在池塘与北门之间的草坪上，竖了一座莫泊桑纪念碑。小说家半身像巍然耸立，而他创造的老板娘则半躺在"上帝"脚下，徐娘半老，体态丰满，风韵犹存，我见犹怜，何况帅哥。真人与虚构人物合璧，又一起成为虚构，相伴着走入永恒，给后人留下谈资，这就是艺术的魅力。

又过了几年，1900年，普鲁斯特家搬到了古尔塞尔街45号，就在蒙梭公园南面不远。他喜欢去公园的林荫小道上散步。住在那儿的短短六年间，他相继失去了父母亲，蒙梭公园见证了他的悲伤。他也一定看到过那座落成不久的莫泊桑纪念碑，当他还是中学生时，就曾在比才遗孀的沙龙里见过莫氏本人。

在那段世纪末的岁月里，也不知怎地，大家都对蒙梭公园有兴趣。

一晃已是多年。下次再去巴黎，再去蒙梭公园，还不知何时。

2019 年 1 月 15 日
（原载 2019 年 5 月 2 日《新民晚报·夜光杯》）

巴黎的马尔克斯

我年轻时就读过马尔克斯——当年又有谁没读过他呢?一头母牛出现在总统府的阳台上,咀嚼着天鹅绒窗帘,欣赏着落日;已有几个世纪了,人们搞不清楚总统是否还活着……可我没想到的是,过了那么多年,我竟然还在读他,一直读到几年前的一天,我在巴黎触摸到了他。

1955年,作为一家报社的记者,马尔克斯被派往欧洲。翌年,因报社遭查封,他失去了生活来源。于是他就像当年的海明威,年轻而贫穷,在巴黎漫无目的地飘荡着。我寻觅兰波住过的克吕尼旅馆时,曾路过其隔壁的三学院旅馆,旅馆门口的墙上挂着一块牌子,写着马尔克斯1957年在那儿住过。那家旅馆位于居雅街靠近索邦那头,离圣米歇尔大街及卢森堡公园不远。马尔克斯大概经常出没于那一带，就像三十多年前"巴漂"时的海明威，而后者正是他当时的偶像之一，直到有一天——

"我一眼就把他认出来了，那是1957年巴黎一个春雨的日子，他和妻子玛丽·韦尔什经过圣米歇尔大街。他在街对面往卢森堡公园的方向走，穿着破旧的牛仔裤、格子衬衫，戴一顶棒球帽……他已经五十九岁了，体格壮硕，想不看见都不行……在旧书摊和索邦大学出来的大批学子当中，他显得生气蓬勃，想不到四年后他就去世了。"

马尔克斯用双手围成喇叭，向街对面的人行道大喊："大——师！"海明威明白在人群中不会有第二个大师，就转过头来，挥了挥手，也用卡斯蒂利亚语对他大叫："再见，朋友！"立刻又消失在了人群中。

我也无数次走过圣米歇尔大街，大街相当宽阔，尤其是接近卢森堡公园那段。我不禁好奇，他俩得使多大劲，才能让彼此听见？

马尔克斯以后再也没见过海明威。这次邂逅给了他一种感觉，曾经有什么出现在了他的生命里，从此就没有消失过。后来他还发现，世上所有的地方，只要海明威写过，就会被他占有，被他赋予灵魂，哪怕在他死后，仍带着这种灵魂，独自活在世上，成为海明威的风景，时时刻刻都属于他。

巴黎也是这样。马尔克斯后来回忆，曾有许多日子，他就像海明威一样，在圣米歇尔广场的咖啡馆里看书，觉得那里温暖而友好，令人惬意，适合写作。他总希望能再次遇见那个俊俏清新、黑发如乌鸦翅膀般斜掠过脸庞的姑娘，海明威用他那有力的文笔占有了她："你属于我。整个巴黎也属于我。"（姑娘黑发宛如乌鸦翅膀，海明威很喜欢这个比喻，在《过河入林》里也曾用过。）每回经过奥黛翁街12号莎士比亚书店旧址，他都会看到海明威和比奇在业已消失的书店里聊天消磨时间，直到傍晚六点，乔伊斯可能正好路过……

对许多人来说，一座城市，一个地方，只有与他喜欢的人和事有关，才可能具有意义，其余的都不存在。就像捷克的赫拉巴尔来到伦敦，只在乎与艾略特有关的景点，每到一处便整段诵读《荒原》。马尔克斯讲述的这些场景，来自海明威的《流动的盛宴》，其中充满了迷人的个人色彩，让巴黎盖上了海明威的印记。马尔克斯一定熟读了它，然后揣着它重访巴黎，无论在现实中或想象里。马尔克斯说过，长年阅读一位作家的作品，对他又如此热爱，会让人分不清小说和现实。

另一方面，《流动的盛宴》始撰于1957年秋天，就在巴黎大街上那次邂逅后不久。那个年轻的用西班牙语喊他"大师"的崇拜者，是否让海明威闪回到了自己的青春时代，触动并开启了他回忆"巴漂"往事的闸门？此前，"他从来没有写过巴黎，没有写过他喜爱的那个巴黎"（《乞力马扎罗的雪》），现在，他也许终于下决心要写了？

然而马尔克斯不知道的是，那个曾经属于海明威的巴黎，因为他的生动叙述，现在又重叠上了他的身影，让后来者既看到了海明威，又看到了他。这就像中国诗人说的："你站在桥上看风景，看风景的人在楼上看你。"对马尔克斯来说，那个早晨昙花一现而又永恒不灭，在那个春雨潇潇的5月天，海明威隔着大街对他喊："再见，朋友！"而对所有的文学爱好者来说，那样的场景也已经成为经典，就像在5月巴黎中午的阳光下，斯万夫人站定在宛如紫藤绿廊的阳伞下,在斑驳的光影中与小马塞尔谈话一样。在暗香浮动的5月的巴黎,我多么希望自己也有这样的幸运,在大街上邂逅一次那样的风景,尽管我已不再年轻也说不上贫穷。

2019年4月19—22日
（原载2019年5月28日《新民晚报·夜光杯》）

鲁昂，一辆马车

鲁昂，一辆马车，放下窗帘，一直这样走着，比坟墓还严密，像船一样摇晃，从正午走到傍晚，整整六个小时，漫无目的，由着马走。每次马车夫想要停下，车里就会发出呵斥声，要他不要停，继续走。

马车是从圣母大教堂出发的，那个莫奈最喜欢的大教堂，因其组画而出名。现在每到夏夜，都会打上灯光，呈现莫奈的名画，人称"莫奈像素大教堂"。听说莫奈、波伏瓦（1933 至 1936 年她曾执教于鲁昂的贞德中学，与其时执教于勒阿佛尔中学的萨特往来频繁）都喜欢鲁昂。我也喜欢。

马车沿大桥街而下，走过艺术广场、拿破仑堤岸、新桥。桥上有高乃依雕像，就是那个写《熙德》的。他的故居仍在，可以免费参观，但须事先预约。大约很少有人光顾，讲解员"卖蛋母"（大妈）很寂寞，会像上课似的卖力讲解。

马车走过圣马可卢庭院、诺曼底议会和法院、中世纪钟楼，又走过老市集广场、贞德塔、车站。13世纪所建城堡之八塔，贞德塔为仅存者，贞德被烧死前曾囚禁于此。不久后，她就被烧死在老市集广场。广场上还保留着一块旧地基，其石块似乎还焦黑着，人们在旁边建起了贞德教堂。普鲁塔克曾说某种鱼的骨架长得像教堂，而贞德教堂的屋顶正模仿了鱼的骨架。

马车又走过市立医院。其一角是家属宿舍，福楼拜就出生在这里，楼上有他出生的房间，他在此生活了四分之一世纪。他少年时的那段忘年恋，主要就在这里暗潮汹涌。他父亲是医学院的教授，他从小耳濡目染，对人体解剖印象深刻，用在了小说写作上，遂有了《包法利夫人》。大家都记得那幅著名的漫画，福楼拜在解剖包法利夫人，吐出那句意思暧昧的名言："爱玛，就是我！"

行走在鲁昂的这辆马车，就是福楼拜笔底的造物，车上载着包法利夫人，还有她的第二任情人，这是他们的初次幽会。本来爱玛把赖昂约在教堂里，是为了给他拒绝信的，结果却上了他雇的马车。马车来到市郊田野，阳光直射着镀银的旧车灯，黄布小帘里探出一只手，扔掉了一团碎纸片，随风散开，远远飘下，好像白蝴蝶，落在了绚烂的苜蓿地里。这就是那封拒绝信了。纳博科夫说，从此爱玛走上了不归路。

整整六个小时，车厢里的一对，马车夫，两匹驽马，都不吃不喝，不拉不撒，在鲁昂城里城外走着，让路人和读者觉得不可思议。马车走过了那么多地方，应该是福楼拜从小就熟悉的，也许借此来一番故乡巡礼；我却跟不上那些个地名，只能想象我到过的地方，有时不免让马车绕下道，经过我喜欢的一些景点。爱玛和赖昂待在车厢里，只顾得上你情我浓，对沿途景致毫无兴趣；我则坐在马车夫边上，专心观赏鲁昂的风景，并不在乎爱玛的死活。爱玛是福楼拜，不是我。

小说当年在《巴黎杂志》上连载时，编辑删去了此段；作者遭当局"伤风败俗"的指控，举证中也有此段。拉马丁答应写信辩护，结果却食言而肥，还宣称小说恬不知耻。但福楼拜胜诉了，小说单行本出版时，此段得以恢复。后来莫泊桑写《俊友》，帅哥勾搭老板娘，也有教堂约会、神甫碍事、乘马车离开诸情节；《一生》的最后，那座轮子上的小木屋，成了出轨者的幽会处，被发现者推下了悬崖，走完了毁灭的不归路，原本或许就是马车车厢。真是有其师必有其徒！

马车在南郊兜了一个大圈子，又在西郊兜了一个大圈子，又在东郊兜了一个大圈子，如果有时间（爱玛当晚得赶回永镇），还会在北郊兜一个大圈子。译者李健吾较真地计算道，六小时走不了这么多路，地名也不见得正好就是顺路，作者显然在夸张这段文字的艺术效果。然而，这又是怎样的"艺术效果"呢？

我不由得想起了汉乐府民歌《江南》，鱼戏莲叶东，鱼戏莲叶西，鱼戏莲叶南，鱼戏莲叶北……这也是一种"四面八方的征服"吧。

2019年6月25日
（原载2019年7月23日《新民晚报·夜光杯》）

哪个少年不钟情

在让人烦恼而转瞬即逝的美好的少年时代,谁不曾钟情过形形色色的"女神"呢?

1728年3月21日,是圣枝主日,少年卢梭在阿讷西见到风华绝伦的华伦夫人,电光石火,一生一世,成了文学史上最美丽动人的相见之一。"我真想用一道金栏杆把那块幸福的地方围起来,让全世界的人都来瞻仰它!"在两人相见处,后人果然围了一道金色栏杆,以供人们瞻仰。湍急的溪水从近旁的小桥下奔流而过,那是从群山环抱的阿讷西湖里流出来的,宛如卢梭对华伦夫人的依恋不舍昼夜。我摩挲着那道金色栏杆,遥想着两人见面的情景,不由得忆起了我的张老师。

出生仅十天便失去了母亲的十六岁的卢梭,把年长十三岁的华伦夫人当作了妈妈。三年后（1731）的秋天，他追随华伦夫人来到尚贝里。又明年（1733）秋，华伦夫人让他成了情人。1735年底，他在写给父亲的一封信中说："我打算求华伦夫人允许我伴她一生，让我尽我的全部力量为她效劳，直到我的生命结束。"套用"灰姑娘"的说法，这是一个"灰小子"故事，卢梭也许是始作俑者。后来，他又化身为苦恋施莱辛格夫人的少年福楼拜，《情感教育》里追求阿尔努夫人的莫罗，暗恋盖尔芒特公爵夫人的小马塞尔，发誓长大后要娶老师的那个小男生……

1736年的夏天，他们来到了夏尔梅特。此后的几年，除了回尚贝里过冬，他们一直住在这里。"这里开始了我一生中短暂的幸福，这里流逝着宁静而迅速的时光，它们使我有权利说我并未虚度此生。"在《忏悔录》中，卢梭用最高级的赞美语，来叙述夏尔梅特的岁月，他一生中最幸福的时光。"妈妈，妈妈，这种日子是您早就答应我的，除此之外我什么也不要了。多亏了您，我的幸福已经到了极点，但愿它今后也不会减少！"

我两年里两次到了尚贝里，其中一次到了夏尔梅特，

远西草

参观了卢梭之家（1736—1742），亦即华伦夫人故居。从城里走过去颇有一段路，一路溪水淙淙，林木森森，正是卢梭喜欢的景致。"我们第一次去夏尔梅特那天，妈妈是坐轿子去的，我则跟在后面步行。"那栋山坡上的大房子，前面有一个药草园，视野开阔，绿意葱茏，满满的都是卢梭的幸福。"当我看到她的窗板已经推开的时候，就高兴得跳起来跑过去……我到她的床上去拥抱她，她常常还半睡半醒。"我从药草园里望过去，华伦夫人房间的窗板依然开着，可里面早已人去楼空。我没有再去夏尔梅特。

只是好景不长，从1736年夏至1737年秋，幸福的日子仅仅持续了一年多，在他有一次外出期间，华伦夫人移情别恋了。这样断断续续住到1742年，卢梭终于不得不选择离开。"然而我是来寻求过去的，它不再存在，也不会重新产生。我在她身边刚呆了半个小时，便感到我此前的幸福已经一去不返了。"他恋恋不舍地去了巴黎，却把心留在了夏尔梅特。

十二年后的夏天（1754），卢梭荣归故里日内瓦，途经尚贝里,重新见到的华伦夫人,已是处境悲惨的弃妇。卢梭抚今思昔,不胜嘘唏感慨。因为有了泰莱丝的关系,他没能留在华伦夫人身边,为此终其余生后悔不已。当年在华伦夫人诱导下,他在都灵改宗了天主教;如今他重新皈依了新教,恢复了日内瓦公民权。一改一弃之间,涨落了他与华伦夫人的旷世情缘,也见证了他青春之花的绽放与消歇。又过了十四年(1768),他去格勒诺布尔凭吊华伦夫人墓,她于六年前在尚贝里去世。华伦夫人葬在了司汤达的家乡,难怪于连爬进了市长夫人的窗户。我去格勒诺布尔时,还不知道这个信息,否则也会去凭吊的。同年8月29日,卢梭正式娶泰莱丝为妻。从1745年3月开始,她已陪伴了他二十三年。

卢梭临终前不久,1778年4月12日,又是圣枝主日,他回忆起了正好五十年前的是日,他第一次见到了华伦夫人。"这第一次相见的刹那之间,竟决定了我的一生。"他深情地怀念着夏尔梅特。"我无时无刻不怀着快乐和温暖的心情回忆我这一生中只有在这短短的日子里,才不仅活得充实而无杂念,无牵无挂,能够真正说得上是在享受人生。""我让妈妈到乡下去住；山坡上有一座孤独的房子，那就是我们躲避喧嚣和纷争的地方。在那里，我在五六年的时间中享受到了一个世纪的生活和纯洁美满的幸福。这种幸福的美，可掩盖我现今生活中的一切丑恶。"岁月的流逝不仅拉长了，也放大了曾经的幸福。写完这些话，仅仅过了不到三个月，卢梭就去世了。这篇没有写完的回忆，成了他留在世上的绝响，余音袅袅。

"哪个少年不钟情"，没有《忏悔录》里的卢梭与华伦夫人，就不会有《少年维特之烦恼》里的维特与绿蒂，也不会有歌德这句传遍了世界的名言，代言了所有少年的心声。

2019年7月24日
（原载2019年8月21日《新民晚报·夜光杯》）

"巴黎子"普鲁斯特

午夜梦回,"我"通常并不急于入睡。一夜之中的大部分时间,"我"都用来追忆往昔的生活,追忆"我"在贡布雷的外祖父母家、在巴尔贝克、在巴黎、在东锡埃尔、在威尼斯以及在其他地方度过的岁月,追忆"我"所到过的地方,"我"所认识的人,"我"所见所闻有关他们的一些往事——在《追忆似水年华》(以下简称《追忆》)的开头,普鲁斯特就这样开始了他的叙述,提到了"我"的主要几处生活地点,成为这部篇幅浩繁的巨著的纲领。

"我"与作者同名,都叫"马塞尔",二者既是又不是同一个人。如果是普鲁斯特本人,那么他所追忆的生活地点,就应该是以巴黎为中心的。不同于那些从外省来巴黎打拼的文人,比如司汤达、巴尔扎克、大仲马、都德、左拉、莫泊桑,普鲁斯特可说是一个土生土长的巴黎人,生于斯,长于斯,老于斯,死于斯,葬于斯,就像波德莱尔、法朗士、纪德、马尔罗、萨特、波伏瓦——借用日本人关于"江户子"的说法,普鲁斯特可说是地道的"巴黎子"。

在《追忆》中,盖尔芒特府是主要舞台之一,它被安置在了圣日耳曼区,也就是塞纳河左岸;但普鲁斯特一生的住处,却全在塞纳河右岸,而且相当集中,除了出生和去世是在隔壁的十六区,基本不出巴黎八区范围——很方便普粉挨个儿打卡。巴黎是他母亲的地盘,母家原是犹太富商,在巴黎拥有多处房产;他父亲则是外省人,靠了才智与勤奋,成为巴黎的成功人士。

1870年他父母结婚后,住在鲁瓦街8号,住了三年。那是奥斯曼大街西段的一条支路,出了小街就是圣奥古斯丁教堂,离《追忆》的摇篮奥斯曼大街102号不远,有点喧哗,有点嘈杂。但普鲁斯特却并不出生在那里,1871年7月10日,他出生在外叔公路易·韦伊家,巴黎西郊奥特伊镇拉封丹街96号,位于布洛涅森林与塞纳河之间。原建筑已于1897年拆毁,现建筑是原地重建的。

墙上挂有一块纪念牌,说明普鲁斯特出生于此地,虽让我不大满足,但毕竟聊胜于无。

1873年8月,他两岁时,他家搬到了马尔泽尔布大街9号,靠近玛德莱娜教堂(也就是《俊友》结尾帅哥举行盛大婚礼的地方)。那是幢漂亮的大房子,他家位于内院里侧的二楼,大套间宽敞而又奢华,大部分窗户朝向苏莱讷街。相比鲁瓦街8号,这里闹中取静,的确适合安家(在《追忆》里,"我"父亲对住房很挑剔,看不上斯万家的房子,让"我"很是伤心)。在这里,他家一直住到1900年10月,他二十九岁时。这是奠定了他一生的住所,他在这里长大,度过童年、少年和青年时代。

从这里出发,他随家人去父亲的老家伊利耶(《追忆》中的贡布雷)度假,住在阿米奥姑妈(《追忆》中的莱奥妮姑妈)家里,在姑父那山楂花盛开的花园"卡特朗牧场"(现称"普鲁斯特花园")里读书。每个月有一两次,家里派他去看望外叔公路易·韦伊,在那儿邂逅的交际花洛尔·海曼,后来摇身变为《追忆》中的"粉衣女郎"奥黛特。有阵子"我"的爱情方式,是每日下午两点钟,去长满月桂树丛的香榭丽舍大街花园找"希尔贝特"们玩（花园里的一条小径现已命名为"普鲁斯特小路"）；而花园里"侯爵夫人"掌管的公厕散发的霉味，引发了令"我"愉悦的无意识回忆，让"我"回想起了外叔公在贡布雷的那间小屋。从这里出发，他去上圣拉扎尔火车站前的孔多塞中学，从为校刊《丁香评论》等写稿开始了文字生涯。通过中学同学雅克·比才的引荐，他去雅克母亲施特劳斯夫人的沙龙，就在相隔不远的奥斯曼大街134号，她后来成了盖尔芒特公爵夫人的原型；而在该沙龙中结识的夏尔·阿斯，后来则成了花花公子斯万的原型；名声如日中天的莫泊桑也经常出入那里，少年普鲁斯特应在那儿见过他（但《追忆》中似从未提及莫泊桑）。中学毕业后，他去奥尔良当了一年兵，每个周日都要回家，训练成绩倒数第二，怎么看也不像一个军人。然后去左岸，上了几年巴黎政治学校。大学毕业后，还是去左岸，在马萨林图书馆上了两个月班……所有那些地方，除了他当兵的奥尔良，都离他家不远。在马尔泽尔布大街9号，他是个永远长不大的孩子，在"小妈妈"眼里，他永远只有四岁。

那里现在是私家公寓,连块纪念牌也没有。我去过好几次,每次都大门紧闭。有一次趁大门没关,终于如愿溜了进去。过道的橱窗里贴有住户名录,但我没有找到普家的名牌。内院像是天井,中间有一棵树,丫杈伸向天空,黄叶飘零。我无助地看着内院的扇扇窗户,没人来告诉我哪几扇曾是普家的。而大街对面的人行道上,那个张贴新戏上演海报的大圆筒,有阵子"我"每天上午都要去看的大圆筒,则依然如故,当然张贴的早已不是《淮德拉》的海报。

1900年10月,他家搬到了古尔塞尔街45号,在三楼住了六年多,直至1906年12月。那是一套宽敞而富丽的豪华房间,但他所有的幸福都随风而逝。先是他弟弟结婚后搬走;而后1903年11月、1905年9月,他父母相继病故,让他痛不欲生。曾经幸福美满的家庭,转眼只剩了他一个人。"小妈妈"临终时最放心不下也最难以割舍的,应该就是这个体弱多病而又尚无出息的大儿子了。但他继续住在父母去世的套间里,又住了一年多,等待租约到期（只不过最后几个月，即从1906年夏到年底，可能他实在受不了了，住到了凡尔赛的水库旅馆）。现在的古尔塞尔街45号，什么纪念牌都没有，就像马尔泽尔布大街9号。但要找到那里并不难，它就在蒙梭街的拐角，斜对面的古尔塞尔街48号，原址是布莱顿旅馆，狄更斯住过几个月，1926年改造为著名的巴黎红楼，是华裔古董商卢芹斋的公馆，很是惹眼。

经过凡尔赛的心灵至暗时刻，1906年12月26日，他搬入了奥斯曼大街102号，在三楼一直住到1919年6月。那里成了他一生中最重要的住所，因为《追忆》的绝大部分写于那里。奥斯曼大街当时也算是巴黎的"高尚"地段，在《追忆》里"我"姑祖母嘲笑斯万的理由之一，就是斯万本有能力在奥斯曼大街或歌剧院大街弄一套住宅，却偏偏有失身份地住在了圣路易岛上的奥尔良堤岸。姑祖母嘲笑斯万说，大概是为了一旦去里昂不至于误了火车钟点（里昂火车站距离圣路易岛不远，姑祖母的话是一语双关）。奥斯曼大街102号原先属于普鲁斯特的外叔公路易·韦伊，1896年外叔公在那儿去世后，由普鲁斯特的母亲和舅舅共同继承。等到普鲁斯特的母亲和舅舅也去世了，由普鲁斯特兄弟和其舅妈共同继承。普鲁斯特在舅妈艾米莉·韦伊的蛊惑下，把自己的那部分产权卖给了舅妈，从共同的业主变成了舅妈的房客。不过普鲁斯特其实并不喜欢那里，在写给德·卡亚维夫人的信里，他抱怨"这套公寓丑陋难看，满是灰尘，还有窗外那些树，都是我讨厌的"（热内·培德《普鲁斯特之夏》），而最根本的原因则是"小妈妈"从未在那儿住过。1918年11月，他舅妈没有事先通知他，就把房子卖给了瓦兰-贝尼埃银行。翌年6月，银行决定让房客全部搬走，导致普鲁斯特接下来居无定所。入驻那里的银行几经转换，江河日下，现在那家根本就不让人参观了。

经过几个月的寄人篱下，1919年10月，普鲁斯特搬到了阿姆兰街44号。那儿离集美博物馆不远，成为他最后三年的住处，既简陋又不舒适，租金却极其昂贵。"他割断了最后的缆绳"，只为自己的作品而活着，做了自己作品的殉道者，在那里完成了《追忆》，1922年11月18日去世。那里现在是爱丽舍联合旅馆。那天我参观完集美博物馆，找到了爱丽舍联合旅馆，跟领班磨了许久嘴皮子，却还是没能上五楼去看看。

"幸福的岁月是失去的岁月，人们期待着痛苦以便工作。"如果普鲁斯特的故居可以分属于这两句话，那么马尔泽尔布大街9号、古尔塞尔街45号就属于前一句，奥斯曼大街102号、阿姆兰街44号则属于后一句。在普鲁斯特故居的场合，时间同样可以变形为空间，可以看见，可以触摸，正如《追忆》结尾表现的那样。

对于普鲁斯特来说，除了其出生地建筑已非，他的所有故居都在；然而不可思议的是，却没有一处被辟为纪念馆，像巴尔扎克、雨果的故居那样。也就是说，在巴黎，你不可能参观到普鲁斯特故居，虽然他是一个地道的"巴黎子"。我参观过的唯一一处普鲁斯特"故居"，是在远离巴黎的伊利耶—贡布雷，然而那是他姑妈家，而不是他自己的家。

普鲁斯特去世后，葬在拉雪兹神甫公墓，仍在塞纳河右岸。他亲爱的罗贝尔弟弟，去世后也葬在了一起。一方黑色大理石墓碑，平铺在地上，朴素而又奢华，简洁而又深沉，明快而又悲伤，像极了普鲁斯特的风格。在《追忆》中"我"有一次希望，只要当了作家，"我"就可以永不离开巴黎（当时是为了希尔贝特）。他果然做到了。我忽然意识到，在巴黎，我进不了他的任何一处故居，唯一能接近他的只有这处墓地。

不过，也许普鲁斯特并不在意这些，正如《追忆》第一卷末尾所说的："我们一度熟悉的那些地方，都是我们为方便起见，在广袤的空间中标出的一些位置。它们只不过是我们有关当年生活的无数相邻印象中的一个薄片；对某个场景的回忆，无非是对某个时刻的惋惜罢了；而那些房舍、大路、林荫道，亦如往日的岁月那般转瞬即逝。"

2019年9月26日

（原载2019年10月14日、11月12日《新民晚报·夜光杯》）

情人来的电话

他给她打来电话。是我。她一听那声音,就听出是他。他说:我仅仅想听听你的声音。她说:是我,你好。他是胆怯的,仍然和过去一样,胆小害怕。突然间,他的声音打颤了。听到这颤抖的声音,她猛然在那语音中听出那种中国口音……

我在圣伯努瓦街的这面,望着街对面的公寓楼,5号四楼,是杜拉斯的故居,从1942年回国到1996年去世,她在那儿住了半个多世纪。公寓大门旁挂有纪念牌,是巴黎市政府2011年挂的。就在那前一年的6月,初夏的蒙帕纳斯公墓里,杜拉斯的墓碑前(墓碑上只有她名字的缩写"MD"这两个字母),我看到了巴黎市长新送的鲜花,娇艳欲滴。我猜想市长也是杜拉斯的"粉",送完花接着就去挂牌。

此刻,我望着街对面的公寓,想象电话铃响起的瞬间,杜拉斯放下手头的活计,也许是厨房里的料理,也许是窗户前的插花,穿过房间去接那个电话,就像每天要接的许多电话。猛听到电话里那个声音,虽然已经隔了几十年,她已从十五岁半的少女,变成了满脸沟壑的老妇,比她大了十几岁的他,也已从一个翩翩佳公子,变成了白发婆娑的老翁,但她依然马上就听出是他;而他的声音依然胆怯,和过去一样胆小害怕……那该是怎样的一个场景啊,就在我面前的公寓里上演,在四楼的那套公寓里上演!

圣伯努瓦街不长,位于圣日耳曼大街与雅各布街之间,与它们垂直,从花神咖啡馆门口拐入就是。我曾两次走过它,走过杜拉斯的门前。一个多世纪前,圣伯夫也在这栋公寓里住过,也是5号,不知几楼。这是巴黎一栋极为普通的公寓楼,坐落在六区一条极为普通的街上,不可思议的是,杜拉斯竟在这里住了五十多年。小时候,她家在殖民地从来就住不安稳。"我们这些住所真叫人无法相信,永远是临时性的,连陋室都说不上,丑陋难看就不说了,你见了就想远远避开,我的母亲不过是暂时寄居在这一类地方,她常常说,以后再说,设法找到真正适宜长久居住的地方,不过那是在法国,她这一生一直在讲一定要找到那样的地方。"后来她母亲在卢瓦尔省定居,住在一座假古堡里,终于永远留在那里没有再迁徙;她也在这里找到了适宜的住所,所以后半生再也不想挪窝了么?

然而,在接到情人电话的那个瞬间,她有没有想起堤岸的那间公寓,仅用百叶窗隔开了城市的喧闹,每晚情人用天落水给她洗浴……情人让她好好看看那个房间,她也确实把那个房间看了又看,问自己以后是否还能记起它来。现在她在圣伯努瓦街的公寓里,接到了中国情人来的电话,是否会记起她十五岁半的下午,回到那个远在堤岸的房间?"我们又到公寓去了。我们是情人,我们不能停止不爱。"她的情人柔弱然而有力,在电影里是梁家辉演的。那时我正浪迹半岛,隔壁住着一对西班牙夫妇,还记得说起这部电影,那太太一脸色眯眯地说,梁家辉"so sexy"(真性感)……

是情人来的那个电话,引出了《情人》这部小说吗?哪怕中间隔了许多年?杜拉斯自己说,小说最后的这个电话是个例外,因为她过去的书一向没有结尾,但这个电话却成了《情人》的结尾。结尾意味着开始,故事结束,写作开始,就像《追忆似水年华》,或像萨特的《恶心》、比托尔的《变化》。"不过,这是已经发生的事,像其余的一切一样,所以,在这一点上,又何必加以掩盖?"这当然是已经发生的事,电话铃曾在公寓里响起,接起才知道是情人来的,它引出了《情人》这部小说,也改变了她的写作态度。在此之前,她写作时有种种顾虑,所以她说,那种写作什么也不是。现在,她可以容易地写了,因为母亲已经往生,变成了流畅的文字。普鲁斯特也是这样。母亲知道她的情人,但不知道她的情事。两个哥哥也不知道。全法国都无人知道,直到她把它写出来。写出来就不再是耻辱,写出来就得到了救赎。我们都写不出来。我们都不是杜拉斯。

　　战后许多年过去了,她经历了几次结婚,生孩子,离婚,也写了不少书。这时,他带着他的女人来到巴黎,往我面前的这栋公寓里，打了那个恍如隔世的电话。他的女人本来应该是她，结果却不是她。然而在电话那头，他对她说，和过去一样，他依然爱她，他根本不能不爱她，他说他爱她将一直爱到他死。

他在电话里听到她的哭声。然后，从更远的地方，想必来自她的卧室，她没挂上听筒，他还能听到她的哭声。

2019年10月7—11日

（原载2019年12月9日《新民晚报·夜光杯》）

拟卡父复卡儿书

最亲爱的儿子:

你从舍勒森写给我的那封长信,听说译成中文竟达三万余字,里面尽是对我"劣迹"的控诉。从此全世界,甚至中国人都知道了,你有一个坏脾气不称职的父亲!你把我永远钉在了耻辱柱上,你的忘恩负义真是无以复加!

可是你难道从来就没有想过吗,如果没有我这样一个父亲,你怎能写出现在这样的小说?

你说如果你丝毫未受我的影响,你多半会羸弱、胆怯、优柔寡断、惴惴不安,但一定与现在的你截然不同,这样我们就会相处得极其融洽。可是你想过吗,真要是那样,你可能还是会写小说,但还写得出现在这样的小说吗?布拉格有的是小说家,可只有你写得与众不同,这绝对是拜我之所赐。没有我对你的打击和重压,没有我投给你的巨大阴影,没有我的咒骂、威吓、讽刺、狞笑、诉苦……你就难以超越其他小说家,你的小说就无法另辟蹊径,你的迷宫世界就无从成形,你的笼子就找不到你的鸟。一个专横暴躁而不知反省的暴君父亲,可说是我这辈子送给你的最大礼物,让你的想象深入无人企及的至暗处。

这里姑举一例。你在信里说,你记得的我第一件不堪之事,是有一天夜里,你老是哭哭啼啼地要水,绝对不是因为口渴,大概既是为了怄气,也是想解闷儿。我严厉警告了你好几次都没能奏效,于是一把将你拽出被窝,拎到阳台上,让你就穿着睡衣,面向关着的门,一个人在那儿站了一会儿。你说从那以后,你确实变乖了,可心里有了创伤,你无比惊骇。那之后好几年,这种想象老折磨着你,你总觉得,我这个巨人,你的父亲,终极法庭,会无缘无故地走来,半夜三更一把将你拽出被窝,拎到阳台上。你感到,在我面前,你就是这么渺小……那么我且问你,如果没有这样的经历,你还写得出《审判》来吗?你写道,一天早上,K正躺在自己的床上,却无缘无故地被逮捕了，历经一连串梦魇般的徒劳挣扎，以及神秘法庭莫名其妙的审讯，最后像条狗一样被处死了……你在信里承认，你在我面前彻底失去了自信，取而代之的是无穷无尽的内疚。有一次你回想起了这种内疚心情，便这样贴切地描写了临死前的K："他担心他死了羞耻还会留存。"这句话也成了《审判》的定音符。

你看，你都不想想我给了你什么，你这个忘恩负义的家伙，你的写作根本离不开我！我们的关系就像是一场漫长的诉讼，一场你永远赢不了的诉讼，哪怕你很巧妙地把它化成了小说，在小说里你还是赢不了我。你在信里也承认，你的写作都围绕着我，从那篇《判决》开始，到《变形记》《审判》，你写作时不过是在哭诉你无法扑在我怀里哭诉的话。这是有意拖长的与我的诀别，你想通过写作争取自己的独立，也确实独立地离我远了一截。为此你曾三次订婚而又逃婚，但每次逃婚都催生出新的杰作。结果你却反怪我让你结不成婚，怪我让你无法过正常人的生活！

我很好奇，如果有机会重新选择，你是会要一个"好"

父亲，父子相处得极其融洽，成为一个泯然众人的普通作家，还是宁可要我这个"坏"父亲，让你活得像一只甲虫，却催生出一个世界级的大文豪？这就像中国人常说的，鱼与熊掌不可兼得：你不可能既要一个"好"父亲，又写出这般荒诞诡异的小说来。

你老说你在我面前如何弱势，但你的信让你掌握了话语权，从此人们只记得你对我的控诉，却无从知道我对你控诉的申辩。这就是会写作的好处，历史总站在会写作的人一边；而我吃了不会写作的亏，生意场上做得再好又有何用？自从你写了那封信，受到无休止指摘的已不是你，而是换成了我。现在不是你怕我，而是我怕你。因为你的信，我已被千夫所指。

要说你最大的忘恩负义，就是写了那封给我的信，甚至连中国人都读到了，让我丢脸丢到了东方！但我还是决定原谅你，因为没有你的那封信，就没有人能真正读懂你的小说，也没有人能真正了解我的作用。我敢说全世界没有一个父亲，即使中国也没有，对文学能够有我这样的贡献！可惜除了我们的老乡伊凡·克里玛，能够认识到其间联系的人不多,许多人尽在那里寓言、异化、主义地生掰硬扯。

鉴于你的信在中国造成的恶劣影响,我特意请人用中文来回你的信。大概你又要说我刻意打击你了,但你不也写过《中国长城修建时》吗,想必对中文还是略知一二的。如程度不够就好好去学,别老拿"苟不教父之过"来说事,又想把责任推到我身上。拜托了,我的小寄生虫!

赫尔曼·卡夫卡
于布拉格

(代笔者声明:以上内容皆系代卡父立言,不代表代笔者本人的立场;代笔者既不想要这样的父亲,也不想成为这样的父亲。)

2019 年 12 月 19 日

(原载 2020 年 2 月 5 日《新民晚报·夜光杯》,题为《代卡父拟复卡夫卡信》)

拟萨特驳卡父书

亲爱的赫尔曼·卡夫卡先生：

看了您给令郎弗兰茨的回信，我简直不敢相信自己的眼睛，想不到世上还有您这样的父亲，一辈子压迫和摧残儿子，却竟然还往自己的脸上贴金，真是恬不知耻到了极点！您的看法概括起来就一句话：没有您这个暴君父亲，令郎就不会有现在这样的成就，也写不出现在这样的杰作。但您怎么就不想一想呢，没有您这个暴君父亲，令郎完全可以有另外的成就，完全可以写出其他的杰作来？

我之所以这么说，是因为我的亲身经历，并不能支持您的看法。我是一个刚出生就死了父亲的人，就像当年的卢梭一样，不过他是刚出生就死了母亲。对我来说，父亲连一个影子都不是，连一个目光都不是。按照您的逻辑,像我这样从小失去父亲的人,简直就不配活在世上了,即使活着也一文不值了;但事实刚好相反,我觉得自己无比幸运。

我父亲之死是我一生中的大事:他的死给我母亲套上了锁链,却给了我自由。因为我知道,世上没有好父亲,这是规律。要是我父亲活着,他就会用整个身子压我,非把我压扁不可(您就是个活生生的例子)。我憎恨一辈子无形地骑在儿子身上的传种者。幸亏他短命早死。他死得正是时候,如果他晚死几年,我就会感到有愧,因为我们的文化教导我,一个懂事的孤儿应该自怨自艾:父母讨厌见他,躲到天国里去了。而我当时却乐不可支,因为我父亲很知趣,早早就躲开了,没让我觉得亏欠他。(后来我反其道而行之:既然毫无胜算做一个好父亲,我就从来没想过要一个儿子。)

当然,我父亲本来可以给我打下几个永不磨灭的烙印,可以把他的性格变成我的道德准则,把他的无知变成我的知识,把他的积怨变成我的自尊,把他的癖好变成我的法律,使我一辈子带着他的影响,就像您对令郎所做的那样。倘若我父亲活着，我就会知道我的权利和义务；他死了，我一无所知。由于他没有留下明确的指示，所以包括我自己在内，没人知道我来到世上要干什么，于是我只能不断地创造自己。

我的自由是多亏了一起及时的死亡，我的重要性全靠一起等待已久的丧事。确实，我父亲过早的引退使我成为一个不完全的"俄狄浦斯"：我没有"超我"，不错，但我也没有杀气腾腾呀！既然我是没有父亲的孤儿，既然我不是任何人的儿子，那么我的来源便是我自己，充满着自尊和不幸。什么"存在先于本质"，什么"人注定是自由的"，我这些传得神乎其神的金句名言，其实全拜我父亲早早引退之所赐。

我外公本来可以接替我父亲，成为我的控制者。倘若是他生育了我，我想他受习惯所驱使，一定会情不自禁地控制我的。幸亏我属于一个死者。我外公把自己的儿子看作眼中钉，这个可怕的父亲一生肆意地虐待他们。我怀疑二舅就是间接死在他手里的，这个怒气冲冲的上帝嗜吸儿子们的血。好在我出世的时候，他漫长的一生已近尾声，胡子已经花白，烟丝把胡子熏得黄黄的，他已经没有兴致当老子了，于是转而开始在我身上欣赏他自己的慷慨大度。这就像令郎在给您的信里所说的，您的暴脾气可以把他吓得变成甲虫，却几乎伤害不了您那隔了一代的外孙。

是的，我从小没有父亲，但这并不妨碍我出人头地。我不敢说我的成就超过了令郎（我承认令郎曾深深地影响了我），但很多人都认为我俩不分伯仲。我固然写不出令郎式的荒诞诡异的小说，但我的小说和剧本同样广受大众追捧。由此可见，没有您这个暴君父亲，令郎也许不会写出《变形记》《审判》来，但写写《恶心》《墙》总是可以的吧？而就我而言，我宁可写不出《变形记》《审判》，宁可写我的《苍蝇》《肮脏的手》，也绝不想要您这样的父亲！

顺便说一下，要说在中国的影响，我自信也不输令郎。说起来，我和令郎都跟中国有缘：令郎写过《中国长城修建时》这样的小说，而我则在几乎还不识字的时候，就"读"了《一个中国人在中国的苦难》，那是我平生"读"的第一本书。另外，也许用不着我来提醒您，中国的两位圣人孔子和孟子，都是从小就没有父亲，由母亲抚养成人的。由此可见，少了父亲的压迫，尤其是像您这样的暴君父亲的压迫，一点都不妨碍他俩成为了不起的圣人。

所以，收起您那一套吧！愿普天下的父亲都以您为鉴，别再在"爱"的名义下，以"一切都是为你好"为幌子，成为儿子的压迫者和摧残者。是时候了，就像中国的鲁迅说的，该学学怎么做父亲了！再不济，也可以学学我父亲嘛！

让－保尔·萨特
于巴黎

（代笔者声明：萨特对他父亲的看法，主要取材于其自传《文字生涯》，不代表代笔者的立场；代笔者既侥幸有个好父亲，也努力想做一个好父亲。）

2020年元旦
（原载2020年3月4日《新民晚报·夜光杯》）

高师的中庭花园

四月是最残忍的一个月。四月是巴黎最好的时节。在高师的中庭花园里，丁香花、金雀花、红刺李花竞相绽放。我刚到这里，还没投入工作，有的是闲情逸致，喝一杯咖啡看风景。年轻的学生三三两两，啃法棍三明治当午饭，有一搭没一搭地聊天，坐在椅子上读一本书，或者干脆无所事事地晒太阳……

学生中有个三人组合，都是男生，目空一切，不与任何人交往，只听几门选修课，坐得离其他人远远的。他们名声不好，以粗暴著称。有个索邦来选课的女生，嗓音沙哑，走路飞快，几乎认识所有的人，只有这伙人，对她始终是封闭的。她对他们感到好奇，在其中一个身上，率先打开了缺口。尽管他有点俗气，但跟她很谈得来；而当那伙人在一起时，他又会对她视而不见。他称她为"海狸"。透过他，她喜欢自己。

后来，另外两个也邀请她加入其中，她为被他们接受而心花怒放。三人中据说最可怕的那个，住在大学城的宿舍，他们邀请她去那儿聚会。进了那个人的房间，满屋子乱七八糟全是书和纸，每个角落都扔满烟头，房间里弥漫着浓浓的烟雾，她有点被吓坏了。他们的语言常带有挑衅性，他们的想法不容置疑，他们的评判不容异议，他们什么也不掩盖，他们敢于正视现实。没过多长时间，她也下决心这么做了。

他们参加了教师资格会考。先认识的那个初试没过，当天傍晚就走了，去外省找饭碗。"从现在起，你就由我负责了。"住大学城的那个对她说，顺便接过了她的"海狸"绰号。他其实从一开始就想结交她，却一直被前面那个挡着，现在独霸了她，很是高兴。他们一起准备复试，除了睡觉时间，几乎形影不离。

她呢，现在觉得，凡是不与他在一起的时间，都白白浪费了。这是平生头一回，她感到有一个人在智力上高于她。她每天整天地和他较量,在争论中不是他的对手。但她的好奇心胜过自尊心,霸气输给服气,由衷地产生卑微之感,不得不谦虚。他们那伙人全都厉害,他又是其中最博学的,读一般人不会碰的作家,有着无所不包的知识量,让她很是吃惊。他总爱寻根问底,思想总处于警觉状态,从不停止思考,所有的时间都在思考,可能除了睡觉以外。他既不因循守旧,也不标新立异,虽然只比她大两三岁,思想的成熟却让她感到惊讶。与他那个丰富多彩的世界相比,她感到自己的世界狭小而可怜。她本来自以为与众不同,因为她不能想象活着而不写作,可他只是为了写作而活着,深信作品就是绝对目的,它们本身就有存在理由,其中可以找到拯救之道。他想同时成为斯宾诺莎和司汤达。

她曾满怀激情地考虑未来:"奇怪啊,我确信自己内心的财富将被世人接受,我说的话将有人倾听,我的一生将成为其他人汲取的源泉,总之这是一种使命的确信。"此前她依恋过的男生,与她都不是同类人,不可能毫无保留地交流。现在她获得了一个重大机会,面对未来,突然感到不再是孤单一人。他恰恰满足了她多年来的心愿：他是酷似她的人，在他身上她找得到自己的全部爱好，而且达到极致。除了一些细微的差别，他和她的态度非常接近。和他在一起，她永远可以分享一切。他从来不把她归并到他的世界里，而是让她处在她自己的体系中，根据她的价值、她的计划来理解她，鼓励她保持自身最值得重视的东西，保持自己对自由的兴趣、对生活的热爱，保持自己的好奇心和写作的意愿。他不仅鼓励她这样做，还表示愿意帮助她。其实他也在寻找一个人，跟他水平相当，而且一直想写作，现在终于找到了，这对他是最刺激的事情。她知道他再也不会走出她的生活。

她有天看见那伙人中的第三个，与推着一辆婴儿车的妻子，在卢森堡公园里散步。她强烈希望这种情景在她的未来不会出现。夫妻双方被一些物质的限制牢牢地拴在一起，她觉得难以忍受。相爱的人之间唯一联系的纽带应该是爱情。他呢，也认为婚姻没有多大好处，他自己永远不会成为人父，甚至不会成为一个结婚的男人。于是他俩一拍即合，磕磕绊绊却又棒打不散，一起走过了整整半个世纪。

……

高师的秘书打断了我的神游,来带我去申领高师的校园卡。有效期我只申请一个月,他们却给了我一整年。在乌尔姆街的高师门口,黑人门卫耐心地教我如何操作门禁。从此我可以自由地出入高师,自由地在它的中庭花园里闲坐,喝一杯咖啡,看丁香花、金雀花、红刺李花竞相绽放,就像我年轻时在大陆那头向往过的波伏瓦和萨特们在当年的四月里一样。

2020 年 3 月 31 日—4 月 1 日
(原载 2020 年 4 月 29 日《新民晚报・夜光杯》)

在他的世界屋脊

　　自从在他的墓碑上放了一枚地铁票以后,我没想到有一天会住得离他这么近。三年前的春天,我住在拉丁区,靠近圣雅克街。我的住处周围,全是他的踪迹:勒高夫街1号,是他童年的住所;先贤祠后边,是他就读的亨利四世中学;索邦对面,是他上文科预备班的路易大帝中学;乌尔姆街上,则是他就读的巴黎高师……难以想象一个人的最初二十来年,可以生活在如此集中的一片街区,而且尽是名校和古迹。

　　1911年,他六岁,他们母子离开默东,迁居巴黎拉丁区,住在勒高夫街1号,他外公家里。外公的套间位于顶楼,有三间卧室,一间是他外公的,一间是他外婆的,还有一间是"孩子们"的,也就是他们母子的。母子俩同样的微不足道，同样的受人供养。他们从来都不在自己家里，住在勒高夫街时是这样，他母亲改嫁后还是这样。

但对他来说，住在顶楼真是好极了，宛如生活在世界屋脊上。他在阳台上走来走去，向行人投以居高临下的目光。正走过勒高夫街的我，也感受到了他的目光。哪怕他下凡到人间，由母亲领着去卢森堡公园，他的心却仍在高处。后来也一直在高处。在他的世界屋脊，他看见巴黎千家万户的屋顶，天地万物层层铺展在他的脚下，万物个个谦卑地恳求有个名字。给每个事物命名，意味着既创造这个事物，又占有这个事物。于是他开始写作，用文字创造和占有万物，从勒高夫街1号开始，到蒙帕纳斯公墓结束。

有时他望向街对面。勒高夫街2号，五楼占星师家，有人转桌子，降神或者招魂。勒高夫街10号，在他出生的十来年前，弗洛伊德曾经住过。不知道他是否知道这一点，但他后来总爱跟弗洛伊德开玩笑，说自己没有父亲，所以就没有"超我"。弗洛伊德听了一定伤心。

有时他从天上下凡，穿过苏弗洛街，也就是先贤祠与卢森堡公园之间那条宽阔的短街，去先贤祠电影院看电影，或去马戏场、夏特莱剧场、电力公司俱乐部、蜡人馆玩耍。卢森堡公园里，孩子们在玩，他走近他们，他们从他身边擦过，却对他视而不见，这让他很受伤。于是他对着梧桐树着迷，等待着恰当词语的出现，以便给它命名，让它诞生；或者梦见在卢森堡公园的大水池旁，面对着卢森堡宫，他保护着一个金发小姑娘，那是他喜欢的邻家女孩。

有一次散步时，路过苏弗洛街和圣米歇尔大街的拐角处，他母亲像是偶然地止步于一间书亭前，于是他发现了美妙的儿童读物的世界。后来他常去塞纳河畔的旧书摊，从奥赛站到奥斯特利茨站，一个个旧书摊找过去，收集他喜欢的各种儿童读物。在他外公眼里，这都是些不登大雅之堂的东西，如果是他父亲，恐怕会一把火将它们烧个精光，可他外公却只能好不伤心地宽大为怀。这些早年的儿童读物，决定了他一生的阅读趣味。

当他回到苏弗洛街，每跨一步，都感到在五彩缤纷的玻璃橱窗里倒映着他生活的节奏和规律。拐个弯回到勒高夫街,瞧见门房特里贡的小胡子,听着液压电梯的噼啪声,他上升到他的世界屋脊,继续俯瞰巴黎的屋顶和人类的命运。我则从克吕尼旅馆的五楼看着他。

他外公欣赏魏尔伦,拥有一本《魏尔伦诗选》,自称1894年见过魏尔伦醉醺醺地走进圣雅克街上的一家酒馆——也许就是他八岁时外公常带他去的巴尔扎酒吧?或者是维庸曾经常买醉的现在叫"避风港"的那家?那年魏尔伦正在附近几条街搬来搬去,经过圣雅克街的概率很高,只不过两年后就在笛卡尔街39号去世了。

1915年10月,他十岁三个月,外公替他在亨利四世中学注了册,从此他成为该校的走读生。每天放学回家的路上,他与同学们在先贤祠广场上又跑又叫,在卢梭雕像与伟人旅馆之间的广场上玩球,这成了他最幸福的时刻。伟人旅馆位于先贤祠广场17号,1919年,布勒东等人在此宣布了超现实主义。那时他正在拉罗谢尔,是随改嫁的母亲去的。翌年,外公把他接回巴黎,重返亨利四世中学,这次成了寄宿生。他发现并爱上了超现实主义,模仿其风格来写作。而就在此时,刚开始"巴漂"的海明威,差不多每天从他学校门口路过,去圣米歇尔广场的一家好咖啡馆,写他那些密歇根州北部的故事……

还在童年时,他就想象自己未来功成名就,回到故地缅怀童年,游荡于勒高夫街、苏弗洛街、卢森堡公园……他还不忘补上一句:"外公那时已故。"他想象自己宁愿神不知鬼不觉地在巴黎街头游荡,却丝毫没料到先贤祠里早已留出了他的位置。这也难怪,从他的世界屋脊望出去,先贤祠的穹顶触手可及,他不能不老是想到它。早在九岁时他就确信,他注定成为英杰,死后将埋在拉雪兹神甫公墓,也许在先贤祠已选好位置,在巴黎有以他名字命名的街道,在外省、在外国有以他名字命名的街心公园和广场。

多少年后,他的前一个预言落了空,他死后既没有进入先贤祠(他已拒绝一切荣誉,从诺贝尔奖到国葬),也没有埋在拉雪兹神甫公墓(他不想埋在母亲和继父中间,就像可怜的波德莱尔那样),而是葬在了蒙帕纳斯公墓。这是她的决定,她是个地道的蒙帕纳斯人。后来她也葬在了一起,手上戴着别人送的钻戒。但一股巨大的人流跟在灵车后面,葬礼的盛大弥补了预言的落空。"我对自己说,这正是他一心向往的葬礼,但他已经无从知晓了。"她如是说。现在葬礼过去都已经四十年了,我们好像还跟在他的灵车后面。而他的后一个预言却基本实现,在花神咖啡馆和双叟咖啡馆之间的路口,后来果然以他和她的名字命名了一个小广场。他对索邦学生出了名的态度傲慢,唯独对她例外,他们在巴黎高师相遇,一起度过了漫长而美好的文字生涯。

他搬离勒高夫街后将近百年,三年前的春天,我来到了这里,几乎天天都在他的故地转悠,这里那里到处都是他的踪迹,想不注意都难。

他是萨特。她是波伏瓦。

2020 年 1 月 7 日
(原载 2020 年 5 月 28 日《新民晚报·夜光杯》)

两个幽灵在寻觅往昔

这是一个于连式的人物，出身于贫困家庭，从小备受屈辱。长大后，靠勤工俭学完成学业，在一家大工厂里就业，以聪明勤奋博得老板赏识。二十三岁时，做了老板的私人秘书，住进老板家的豪华别墅。在那样的环境里，他自惭形秽，深感羞辱，满怀敌意。然而年长于他的夫人，心地纯洁，仪态高贵，以坦诚自然的态度待他，他的恶劣情绪遂一扫而空，接着无可救药地坠落了情网。其实夫人对他也是一见钟情，早已爱上了这个有为的青年。

眼看着又是个《红与黑》式的故事，但情节急转直下，老板派他去海外开设新厂，要出差两年。临走前，他与夫人激情难抑，难分难舍。就在忘情失态之际，夫人及时踩下刹车："别做这事，现在别做！别在这儿！"

又安慰他道:"等你再来的时候,你什么时候要都行。"

然而再来不是两年后,而是隔了整整九年多!就在他即将任满回国时,大战突然爆发,海洋被敌国封锁,航路邮路全部中断,时间长短未可估量。万般无奈之余,他在海外娶妻生子,开始了新的生活。这是在他被遗忘的爱情坟墓上,开放出的活生生的鲜艳花朵。

又是突然间,大战结束了,他可以回国了。夫人在他心里冉冉升起,执着地走进他的感情。他们在九年多后终于重逢。老板早已去世,孩子长大成人,夫人依然如故——当然,稍稍老了一些,头发已夹杂银丝。他要求夫人履约,夫人提醒他,自己已经老了,连头发都花白了。但他还是不死心,约她去外地见面,以便远离她的家,摆脱恐惧和回忆。

他们乘夜车来到外地,住进了一家旅馆。夫人走向楼梯,脚步迟缓、沉重、艰难,就像一个老妇人——他不由自主地想到。但他只这样想了一秒钟,就立刻把这丑恶的念头赶走了。可还是有一点冰冷的使人痛苦的东西留了下来,取代这被他驱走的感觉。他们终于爬上了二楼,这沉默无语的两分钟，像永恒一样长久。

　　旅馆房间恶心而可疑，他们又逃了出来，来到从前到过的树林。街灯下两人的影子，在地上纠缠又分开，彼此逃离又复捉住，像两个游荡的幽灵。他心里朦胧地感到，有什么东西老是在逼迫自己进行比较，今天如何，当年如何。"从前"，那过去的岁月，总是夹在两人中间。突然间他豁然开朗，他听到了夫人的声音，是十几年前的，在朗诵魏尔伦的诗句："古老的公园冰冷孤寂／两个幽灵在寻觅往昔。"他刚念出这两句诗，就立刻明白了含义，浑身战栗，感到诗句宛如寓言：无论是她还是他，都早已不是同一个人了，却还在徒劳地寻觅往昔！

　　这个开始于《红与黑》的故事，就这样结束于《情感教育》，又引入了《感伤的对话》，似乎浓缩了作者对三个法国文人的敬意，又添加了自己对人生真相的理解：阶级差异或可敉平，一缕白发却难逾越！这就是茨威格的《寻觅往昔》。它冷酷地告诉我们，当你真的老了，往昔无处可寻！正如《半生缘》末的一声叹息："他们回不去了。"

那天,我看完卢森堡美术馆出来,在卢森堡公园北门附近的草坪上,无意间看到茨威格的雕像,确实有点儿纳闷不解。在卢森堡公园里,有许多法国文人的雕像,乔治·桑、司汤达、圣伯夫、波德莱尔、福楼拜、魏尔伦,他们代表了法国文学的荣耀;而外国文人的雕像,就我所见,却只有茨威格一座。那么,在外国文人里,享有此殊荣的,为何不是别人,比如爱伦·坡、狄更斯、屠格涅夫,而偏偏是茨威格呢?

茨威格反对战争,主张德法友好,是个和平主义者。还在一战刚开始时,几乎所有文人都还沉浸于"爱国"狂热中,他就已经与罗曼·罗兰一道呼吁世界和平,呼吁超越国家与民族的对立和仇恨。在他的作品中,反战是重要题材之一,《十字勋章》《日内瓦湖畔的一个插曲》《无形的压力》《象棋的故事》《幻梦迷离》《克拉丽莎》,包括这篇《寻觅往昔》,这应该是一个理由吧?

而像《寻觅往昔》这样的作品,真诚地向法国文学致敬,司汤达、福楼拜、魏尔伦(他们也在这座公园里)……这或许是另一个理由吧?"她也不转过身来,还是一个

远西草

劲地只看书名……'啊,您这儿还有福楼拜,这个作家我喜欢极了……妙极了,真是妙不可言,这本《情感教育》……我发现,您还读法文书呢!'"(《马来狂人》)在遥远东方的荷兰殖民地的穷乡僻壤,一个英国太太对一个德国医生这么嚷嚷。

"我热爱这个有文化的美丽国家。我把它看作我的第二故乡,我在那里没有觉得自己是外国人。瓦莱里、罗曼·罗兰、安德烈·纪德……这些文学界的领袖都是我的朋友。我的书在那里拥有几乎和在德国一样多的读者。在那里,没有人把我看成外国作家,看成陌生人。我热爱那里的人民,热爱那一片土地,热爱巴黎。我在那里的生活就像在家里一样,所以,每逢我从巴黎北站下车时,总会有这种感觉:我'回来'了。"在回忆录《昨日的世界》里,茨威格深情款款地说道。在卢森堡公园里竖一座他的雕像,巴黎人以这样的方式欢迎他回家。

2020年3月8日
(原载2020年7月22日《新民晚报·夜光杯》,题为《寻觅往昔》)

种好自己的园地

每次去奥赛美术馆参观,都会走过伏尔泰堤岸。堤岸与波纳街的转角处,门牌号27号,曾是维莱特侯爵的宅邸。伏尔泰去世前征服巴黎,就住在其内院二楼,最后在那儿去世。底楼现在是伏尔泰餐馆。

伏尔泰出生、成长在巴黎。他念的是路易大帝中学,两个世纪后,萨特成了他的校友,在那儿上文科预备班。斜对面就是先贤祠,他先是几无葬身之地,后来又荣迁进那里,后来又被盗走遗骸,只剩下一口空棺材,与老冤家卢梭面对面。他的一生那么长,起点与终点却相距这么近;而在这相近的两点之间,他又经常被迫背井离乡,长年累月回不了巴黎,只因惹恼了君主和教会。好在最后他还是死于巴黎。所以百年后,雨果在流放生涯中,以此来激励自己:"你会回你伟大的巴黎,/年岁重重,如同伏尔泰;/……你垂死时,会满载荣誉。"

伏尔泰去世后十一年,法国大革命爆发。风云人物之一的米拉波,夏多布里昂曾见过他两次,一次就在维莱特侯爵宅邸(《墓畔回忆录》),想起来真有点不可思议。不过,说维莱特侯爵夫人是"伏尔泰的侄女",夏多布里昂显然是弄错了,维莱特侯爵夫人并非伏尔泰的侄女,而是他当年在法尔奈抚养的清贫的世家小姐,最多可称养女。她是个"可爱的胖子",伏尔泰称她为"善心的美女",跟她说"你使我心平气和,在你面前简直不会生气"——伏尔泰本来是很会生气的,尤其是有人在他面前提起卢梭时。后来他把她嫁给了维莱特侯爵,于是才有了他巴黎加冕的舞台。

现代意义上的"知识分子"概念,通常都认为始于"德雷福斯事件",以左拉的《我控诉》为其独立宣言。但其实早在那之前一百多年,伏尔泰晚年为许多冤案平反昭雪,如新教徒商人喀拉遭车裂极刑案等,在这个为蒙冤者辩护的斗士身上,就已经具备了"知识分子"的一切要素。后来萨特反对阿尔及利亚战争,右翼叫嚣要"杀死萨特",还两次炸毁其住处,戴高乐总统就说:"那些知识分子,让他们爱怎么搞就怎么搞……我们不要去捉伏尔泰。"此次赴巴黎前,伏尔泰确曾担心过,那里有四万束木柴给他布置火刑场。怂恿他去的人拍胸脯保证,会有八万个朋友一起奔来扑灭火种,并把搬柴的人淹死,要是他欢喜。

八万个朋友中,有一位来自美国,那就是富兰克林。其时他正好旅居巴黎,带着孙子前来拜访。伏尔泰打了个喷嚏,他祝福说"上帝保佑你";伏尔泰则祝福他"上帝与自由"。巴黎民众为双方雀跃欢呼。其时美国正在诞生的阵痛中,法国则处于暴风雨的前夜。"富兰克林与伏尔泰的相会,民主政治与理性主义的握手,这已是大革命开始的预兆。"(莫洛亚《伏尔泰传》)预兆就呈现在维莱特侯爵宅邸。

又过了几十年,巴尔扎克写《驴皮记》,把那家有神奇驴皮的古董店,安置在维莱特侯爵宅邸旁边。"产生这种幻象的地方(古董店)是在巴黎的伏尔泰堤岸边,时代是 19 世纪……正确的地点应是盖伊-吕萨克和阿拉戈的门徒、权贵的诈骗行为的蔑视者、法兰西怀疑派的神明（伏尔泰）断气的房子附近。"我每次走过伏尔泰堤岸，总疑心会有人从哪家店里奔出来，上衣口袋里塞着那张柔软的驴皮，上面写着："你如果占有我，你就占有一切，但你的生命将属于我。希望吧，你的愿望将得到满足，但你的心愿须用你的生命来抵偿。你的生命就在这里。每当你的欲望实现一次，我就相应地缩小，恰如你在世的日子。你要我吗？要就拿去。"也许，我们每个人都有一张这样的驴皮？

但伏尔泰是不会要这张驴皮的。他的老实人历经各种天灾人祸，却既不轻信盲从也不悲观厌世，而是认识到应当"种好自己的园地"（《老实人》）。这就像后来昆德拉劝说的，世界是不可能推翻或改造的，也不可能阻挡其不幸的进程，只有一种可能的抵抗：不必认真对待。生存的本质就是无意义，我们要有勇气把它认出来，还应该学着去爱它接受它，去呼吸我们周围的无意义，它是智慧和好心情的钥匙（《庆祝无意义》）。两人的主张相隔两三百年，也貌似风马牛不相及，却不啻有异曲同工之妙。在这个荒诞的世界上，除了试着接受无意义，除了种好自己的园地，我们还能做些什么呢？

2020 年 3 月 26—28 日

（原载 2020 年 9 月 14 日《新民晚报·夜光杯》）

莎士比亚书店

漫游塞纳河左岸的爱书人,谁不知道莎士比亚书店呢?上世纪二三十年代,奥黛翁街12号的这家书店,就像一块英语文学飞地,吸引了一众浪迹巴黎的英美文人,乔伊斯、庞德、艾略特、米勒、菲茨杰拉德、海明威……一连串当时或后来闪亮的名字,与法国本土的文学群星一起,辉映着巴黎的文学天空。尤其是出版乔伊斯的禁书《尤利西斯》,成为莎士比亚书店永不磨灭的神话。

受《尤利西斯》出版神话的鼓舞,几乎每天都有人拿着书稿上门。崇拜乔伊斯的女店主西尔维亚·比奇,秉持着"只想做一本书的出版商"的古怪理念——"还能有比《尤利西斯》更伟大的书吗?"——把所有的书稿全都拒之门外。其中最让后世读者觉得可惜的,是劳伦斯的《查泰莱夫人的情人》。劳伦斯羡慕着《尤利西斯》的成功，曾想让比奇出版自己的这部小说。但无论说项者如何苦口婆心，还是劳伦斯以病重垂死之躯，从床上挣扎着起来，脸颊潮红，还发着烧，两次亲自登门造访，都没能让比奇动心。除了上述古怪理念外，也因为她就是不喜欢这本书，觉得它是作者最无聊的一本书。她还常常替作者可惜，为什么这样一个天才作家，却没能创作出一部符合读者期望的作品。此外，她也不想被冠以"色情书出版商"的恶名。后世的劳伦斯迷也许会觉得难以理解，但这种个人的好恶其实根本无可理喻。

此话也同样适用于劳伦斯本人。《查泰莱夫人的情人》第十三章，有一段查泰莱夫妇的对话，难得地谈到了普鲁斯特，展示了劳伦斯的"毒舌"：

> 她平静地下楼来，在餐桌上依旧摆出一副不驯的架势。他仍然脸色发黄，是肝病又犯了，看上去模样古怪，他在读一本法文书。
>
> "可读过普鲁斯特？"

"我试图读过,可他让我厌烦。"

"他的确是出类拔萃。"

"或许是吧!可他令我厌烦,太繁复琐碎了!他没有感情,只有关于感情的连篇累牍。那种妄自尊大的心性让我厌倦。"

"那就是说你喜欢妄自尊大的兽性喽?"

"或许是吧!可兽性里或许还有那么点不是妄自尊大的东西呢。"

"算了,反正我是喜欢普鲁斯特作品里的微妙和教养良好的桀骜不驯。"

"就是这个让你变得死气沉沉,真的。"

"我的小夫人又像个传道士一样说话了。"

他们总在翻来覆去地争吵!可她就是忍不住要跟他斗。他坐在那儿就像一具骷髅,用骷髅的冰冷意志与她作对。她几乎能感到这骷髅在抓住她,要把她强压进他那一条条肋骨组成的笼子里去。他也的确是武装到牙齿的,因此她还是有点怕他。

查泰莱夫妇这里所谈论的，应该就是《追忆似水年华》。在《查泰莱夫人的情人》写作时，普鲁斯特已经去世多年，但其《追忆似水年华》刚刚出齐，在法国内外正炙手可热。而且，从1919年其第二卷获龚古尔文学奖起（那正是莎士比亚书店开张之时），到此时已经连续热了快十年了。萨特曾回忆说，当他1920年从外省回到巴黎、重返亨利四世中学就读时，发现同学们都在读普鲁斯特，于是他也马上就读上了。"那是一个伟大的发现，是普鲁斯特让我从传奇小说过渡到文化小说、文化书籍。"（波伏瓦《与让-保尔·萨特的谈话》）后来他还买了普鲁斯特的全套作品。这就是查泰莱夫妇谈话的背景。

显然，查泰莱先生代表了所谓一般人的观点，而查泰莱夫人则代表了作者本人的立场。有意思的是，代表劳伦斯立场的查泰莱夫人，是一个生气勃勃的正常人物，而代表一般人观点的查泰莱先生，却是一个骷髅样的行尸走肉。通过这一强烈对比，劳伦斯无非是想说，只有病态的人才会喜欢普鲁斯特，而健康的人是绝不会喜欢他的。

这当然不是事实。况且从普鲁斯特的作品本身,我们既得不到"繁复琐碎""让人厌烦""没有感情,只有关于感情的连篇累牍""妄自尊大的心性""让人变得死气沉沉"等等印象,也看不出"微妙和教养良好的桀骜不驯"之类特征。劳伦斯也许并未认真读过普鲁斯特,只不过借题发挥一通个人好恶罢了。

有意思的是,海明威在《流动的盛宴》里提到,当他在斯泰因面前说劳伦斯好话时,斯泰因答道:"我试图读他的长篇小说。他使人无法忍受。他可悲而又荒谬。他写得像个有病的人。"其口吻与查泰莱夫人简直一模一样,与比奇对劳伦斯的看法也异曲同工。看来劳伦斯当时不太受女性文人待见。

1986年,时隔半个多世纪的尘封,《查泰莱夫人的情人》中译本重版,在国内读书界掀起轩然大波,成为我们这代人的集体记忆。对于劳伦斯谈论普鲁斯特的这段话,因为当时《追忆似水年华》中译本尚未问世,我还只读过"斯万之恋"之类片段,所以并没有留下什么印象。后来读过了普鲁斯特的小说,回头再来看劳伦斯的评论,就感到他对普鲁斯特不公正,一如比奇对他。

然而,劳伦斯至少还关注过普鲁斯特,而比奇的回忆录《莎士比亚书店》里,却只有一次提到了"普鲁斯特先生",还是为了讨论法国人的称谓问题,而从未涉及普鲁斯特的作品本身,尽管那正是普鲁斯特风靡的时代,尽管比奇当年远赴法国的初衷,就是出于对法国当代文学的兴趣。"去沙特尔的途中,你可以在博斯乡下的广阔麦田上看到远处耸立的一座教堂。"这原本正是典型的贡布雷的风景,可她联想到的却是拉伯雷的作品。她的回忆录的中心,除了乔伊斯还是乔伊斯,没有普鲁斯特一席之地。不过,念在她把海明威写得如此深情动人(第九章《我最好的顾客》),我还是原谅她对普鲁斯特的忽视吧。

短短的奥黛翁街,一头对着奥黛翁剧院,一头通向圣日耳曼大街。战争开始时,街上曾涌动过难民人潮;战争结束后,是海明威率人"解放"了它。每回走过奥黛翁街,路过莎士比亚书店旧址,我都会稍稍驻足流连。但我没有马尔克斯的本事,既看不到海明威和比奇在业已消失的书店里聊天,也碰不到傍晚可能正好路过书店的乔伊斯。除了墙上那块纪念牌,书店门面早已不复往昔,前贤风流更无踪迹可寻,只有在当事人的书里,留下了往事的吉光片羽,供后人遥想公瑾当年。

2020 年 4 月 13—14 日

更重要的东西

对我来说,纪德首先是那个拒绝了普鲁斯特的书稿而后又一生追悔不已的人,其次是那个写了《访苏归来》并马上公之于世的人,然后才是那个写过《伪币制造者》等许多小说的小说家。而在前两件事上,他都表现出了相似的敢于自我否定的勇气。前者在《亲爱的马塞尔》一文里已有所涉及,这里只简单地说一下后者。

1936年夏,为参加高尔基的追悼会等,纪德访问苏联,并参观了各地。当年11月,他出版《访苏归来》(*Retour de L'URSS*)一书,叙述访苏期间的所见所闻,既热情歌颂了苏联所取得的巨大成就,也不惮指出其种种问题和自己的隐忧。该书当年即狂销十万册,轰动一时,并招致左翼的猛烈批判。罗曼·罗兰也参与其中。他一年前访问过苏联,撰有《莫斯科日记》,但要求尘封五十年,身后才能公之于世。苏联作家爱伦堡曾与纪德关系密切,甚至连他的狗都喜欢纪德,却为此而骂纪德"只不过是一只螟蛾"。此事过去以后很久,他还一直耿耿于怀:"纪德于1936年来到苏联,他无保留地赞美一切,但回到巴黎以后,却同样无保留地责备一切。我不知道他是怎么回事:别人的心是摸不透的。"(《人,岁月,生活》)

对于这种"反复无常"的指摘,纪德自己有过明确的解释:"一个人如果始终固执己见,那多半有丧失真诚的危险……如果我一开始就弄错了,那么我最好尽早地承认,因为我要为错误的后果负责。在这种情况下,是没有自尊心可言的,再说我也很少有自尊心。在我看来,有好些比我自己、比苏联更重要的东西,那就是人类,人类的命运和人类的文化。"他写《访苏归来》时是这样,当年对普鲁斯特也是这样。他的这番解释,曾感动过横光利一,也感动了我。

其实,《访苏归来》里的批评即使现在看来一点都不过分，但在写作当时想必他也是心理压力巨大的。"那里有好的也有坏的。我应当说，有极好的也有极差的。成绩往往是花了巨大的努力才取得的；而努力并不一定总能取得预期的效果。有时候可以说：还没有取得。有时候，极差的伴随着极好的；简直可以说，极差是极好的结果。往往顷刻之间，光明就变成了黑暗。"如此绕口令似的车轱辘话，说明他写作时该有多费力啊！爱伦堡责备他，"对他以知名旅行家的身份走马观花地看到的苏联社会的缺点作十分浅薄的批评"，可历史证明在这件事情上浅薄而该受责备的反而应是爱伦堡自己吧。

面对左翼铺天盖地的批判，纪德早有预见似的辩解道："说假话，哪怕是以保持沉默的方式说假话，似乎是合乎时宜的。一直说假话合乎时宜，但对敌人是太有利了。真话虽然苦口逆耳，但它伤人是为了治病。"他说得一点都没有错，可真要做到就太难了。同时期的罗曼·罗兰就没能做到。八年前的茨威格也不免为难（《昨日的世界》）。即使是十二年后的卡尔维诺，在《统一报》上发表《苏联游记》，"几乎只记载了对日常生活最细微的观察,安心,踏实,无关时间,无关政治",以为像这样"不以崇高雄伟的角度来介绍苏联",就已经是一种创新了,后来才意识到自己同样是在以谎言掩盖真相,犯了一个典型的斯大林主义错误:"为保护我自己免受不认识、隐隐约约意识到但不愿为之正名的事实的伤害,我以非官方语言为表面上宁静、笑容可掬,实际残忍、紧绷、暴虐的官方虚伪做了帮凶。"(《我也曾是斯大林主义者?》)而解封后的罗曼·罗兰的《莫斯科日记》,其内容的天真肤浅不免让人大失所望,无复当年《超越于混战之上》的精神可言。相比之下,纪德委实勇气可嘉(塞利纳则更趋极端,他在同一年访苏归来后,以小册子的形式,出版了嬉笑怒骂的《认罪》,从人的劣根性出发,全盘否定了苏联的一切)。

巧得很,在赴莫斯科的火车上,纪德曾被横光利一看见,还被他记在了日志里。"晚上九时,在餐车上遇见纪德。"(《欧洲纪行·八月十二日》)"餐车又见纪德。"(《欧洲纪行·八月十三日》)后来在《人之研究》一文中,横光利一又详述了此事,描绘了纪德的长相,发表了一大通议论。当时日本正流行着纪德，所以他对纪德是仰慕的。时年六十七岁的纪德，在他眼里还不到五十。对于《访苏归来》，日本的反应也很迅速，翌年初的《中央公论》1月号上，便刊登了日译文。已经回到日本的横光利一，本来担心纪德会否迷失理性，但看了《访苏归来》后就放心了。当时许多人也抱有同样心理。然而讽刺的是，看纪德时眼光犀利的横光利一，看本国的事情却毫无理性可言。在这方面，他远逊于其前辈永井荷风，后者在1910年的"大逆事件"后写道："我在社会上所见所闻的事件中，还从来没有过像这样令人产生不可名状的厌恶心情的。我既然是个文学家，就不应当对这个思想问题保持沉默。小说家左拉不是曾经因在'德雷福斯事件'中主持正义而亡命国外吗？可是我和社会上的文学家都一言不发，不知怎的，我总觉得难以忍受良心上的痛苦。我因自己是个文学家而感到极大的羞耻。"（《火花》）也正因此，在整个战争期间，在整个日本文坛，永井荷风难得地没有附逆，横光利一则未能幸免。

爱伦堡怀疑没有任何人爱纪德，但西尔维亚·比奇肯定不会同意，她认定纪德是个大好人，因为他一直是莎士比亚书店的朋友和支持者，1936年还发起过拯救书店的活动。在其回忆录《莎士比亚书店》里，她特辟了《我们亲爱的纪德》专节。相比爱伦堡的"螟蛾"说，她更能理解纪德的特立独行："纪德以刚果为题材的作品也没有得到官方认可，但他并不关心官方或公众怎么想，不管是在俄国、在殖民地，还是在自己家里，他都只说自己想说的话。"所谓"在俄国"云云，即指《访苏归来》吧。

卢森堡公园的东门外，是爱德蒙·罗斯当广场，纪德就出生在该广场2号（原美第奇街19号）。虽然我曾无数次路过那个广场，可也是很久以后才知道此事的。知道后再路过就不免时常张望，可毕竟不知道具体是哪间公寓。唯一可以肯定的是，曾经有个小男孩从那道门里走出来，成长为当年西方文化界的一面旗帜，也以其良知和勇气影响了东方文人。

2020年4月27日

孚日广场

我写过孚日广场吗？好像没有。是否因为写过的人太多，尤其是那里的雨果故居，所以我就无意间回避了？

但孚日广场上的名人又岂止雨果一个。在它四百年的历史上，从17世纪的黎塞留红衣主教、塞维尼夫人、波舒哀主教，到19世纪的雨果、戈蒂耶、都德，到现代的日本时装设计师三宅一生……有多少名人曾在那里出没呀。

"拱廊围着洒满阳光的广场，广场上有很多孩子在高声地玩耍。那里的房子全都是纯粹的路易十三时代风格，所有的房子排成一个规则的四方形。"孚日广场和母骡蹄街交会的角落里有家小酒馆（也许就是现在叫"雨果"的那家吧），在西默农的小说《无辜者》的末尾，

远西草

珠宝匠与合伙人坐在它的露台上,看着孚日广场的景致。这也是我曾看到过的景致。那是非常美好的一天,是所有相爱的人都会在他们整个一生中回想起来的一天,他俩却不得不当面清算他们过去二十年无比尴尬的人生。

该小说的舞台背景就是孚日广场。珠宝匠向女主角求婚,求婚成功后的婚宴,邀请合伙人夫妇吃饭,都在孚日广场的一家饭店。"他带她到孚日广场的一家饭店,他经常经过饭店前面,但从来没有进去过,因为这家饭店看上去很贵。"——孚日广场的饭店和小酒馆,现在看上去也还是很贵吧。再后来,他们女儿的女友,也住在孚日广场。

西默农之所以对孚日广场如此熟悉,是因为他早年有段时间就住在那里。那是孚日广场 21 号,与雨果故居斜对角。在他之前,黎塞留红衣主教、都德也都曾住过。《无辜者》里提到的饭店和小酒馆,西默农应该是常客,也许他也经常在那里招待客人。他的小说卖得好,钱应该不是问题。

西默农以"麦格雷"系列侦探小说闻名——麦格雷警

长很胖,与名字恰成对照("麦格雷"在法语里是"瘦"的意思),但他的其他题材小说也写得多么好啊!比如这篇《无辜者》,又如那篇《火车》。战争突然爆发了,让一个小业主的生活逸出了常轨,在西去的难民列车上,他与妻子女儿失散了,却邂逅了一段哀婉动人的倾城(亡国)之恋。然而当生活重新回到轨道,面对参加抵抗运动的情人的生死求助,小业主却不得不予以拒绝。一个月后,他在市政府的墙上看到一张布告,其中有他情人的名字,前天晚上被当作间谍枪毙了。"我有一个妻子,三个孩子,在沙托街上有个商铺。"小说以这番告白结束。有人这样写过出轨吗?

西默农的小说篇幅都不长,大都是所谓的中篇小说。"人们总是期许我写出一部伟大的小说,但大众却未曾了解到,只要将我那些所谓够不上'伟大'的作品加以镶嵌细工,即成了旷世巨作!"西默农这话,多像《无辜者》里珠宝匠说的呀!任何珠宝到了他的手上,都能通过他巧妙的镶嵌细工,重新焕发出赏心悦目的光彩;可他唯一猜不透的,却是他妻子的心思,哪怕二十年的婚姻,于此也是无能为力。

该小说里珠宝匠的珠宝作坊,位于孚日广场附近的塞维尼街上,一个老旧私人府邸的顶楼。塞维尼街以塞维尼夫人得名,塞维尼夫人以书信写作知名。在《追忆似水年华》里,"我"外婆最喜欢的作品,就是塞维尼夫人的书信,每次给"我"妈妈写信,都少不了要引用几句。"我"外婆去世后,"我"妈妈给我写信,也继承了这一习惯,仿佛这信不是她写给"我",而是"我"外婆写给她的。塞维尼夫人晚年也住在塞维尼街(当然当时还不叫这个名字),离她的出生地孚日广场(那时还叫王家广场)一箭之遥,她给女儿的许多书信都写于那里。现在它已改为卡纳瓦莱博物馆,我最感兴趣的,是里面陈设有普鲁斯特的家具,都是从奥斯曼大街 102 号搬来的。

现在,我算是写过孚日广场了吧?

2020 年 8 月 1 日

童年的许诺

我从热那亚经文蒂米利亚快到尼斯时,没注意到铁路旁斜坡上的草丛里,有个灰白头发的妇人和一个抹着眼泪的孩子,那样专心致志地仰望着天空。妇人的唇边浮出一丝幸福的微笑,天真而满怀信心,她的眼光仿佛已穿透未来的雾层,蓦然看见她成年的儿子穿着礼服,满载着光辉的成就和荣誉,缓步登上先贤祠的台阶。那个孩子叫罗曼,那个妇人是他娘。

我也没注意到扎朗巴先生的列车交会而过,他灰溜溜地离开尼斯前往文蒂米利亚,大概要去跟他葬在芒通公墓的父母诉苦。他用厚礼买通罗曼向他娘求婚,内心想要获得从小缺失的母爱。但她已经有了罗曼,从他出生起就为了他而活着,在他身上寄托了自己的全部希望,绝不愿再接受一个五十岁的儿子，也不相信他是个有才能的画家。罗曼不得不把"敲"来的礼物全数还给人家。

我从英国人散步道溜达到美国堤岸，登上城堡公园俯瞰蔚蓝的天使湾。我不知道罗曼曾在天使湾参加过游泳比赛，仅拿到了第十一名，从而放弃了世界少年游泳冠军梦（但他后来拿到了尼斯乒乓球锦标赛的银牌）。我也不知道罗曼娘儿俩曾坐在英国人散步道的收费椅上，嚼着黑面包腌黄瓜听里多乐队或卡西诺乐队的演奏。

我在阳光、沙滩、海风的尼斯四处溜达，却不知道格罗索大街上有家海山旅馆，门前的但丁街一直通到布法街市场。旅馆女经理神气十足地行进着，向所有人吹嘘她了不起的罗曼，预言他那铁板钉钉的远大前程：他将成为空军英雄、法国大使、文学大师，成为拜伦、歌德、托尔斯泰、巴尔扎克、雨果、左拉、易卜生、加里波第、邓南遮，获荣誉勋章、得诺贝尔奖，做大情圣、娶女明星，在伦敦置办服装……从罗曼八岁那年起她就开始预言，不管时机不分场合不看对象，每每让他恨不得找条地缝钻进去。

我去过普罗旺斯的艾克斯,在著名的米拉波大街上徜徉,寻觅着左拉和塞尚的遗迹。但我不知道罗曼曾来这里上大学,用普鲁斯特勾引肉食店女店员,甚至让她背诵《查拉图斯特拉如是说》。"他叫我读普鲁斯特……现在,我怎么办呢?"后来她有了美满的婚姻,成了九个孩子的母亲,书架上只放一本《懒虫的故事》,反而感激罗曼的始乱终弃。

我想参观尼斯的俄罗斯东正教堂,却因已经打烊而吃了个闭门羹。我不知道其实罗曼娘儿俩正在里面,高兴地享受着空无一人的优待。艾克斯大学庙太小了,罗曼当然要去巴黎上大学,以便进入社交界。因为认识东正教的神甫,他娘带他去东正教堂祷告,也不管自己原是犹太人。她信仰的是私人关系,包括她跟上帝的关系。她要罗曼答应注意身体,处处小心,不要染病,别学波德莱尔、莫泊桑、海涅。哪怕在后来最最艰苦的战争岁月里,罗曼也始终怀着不可战胜的信念面对危险,相信自己什么也不会遇上,最多腿部受点小伤而已,因为他娘早就跟命运签了协定,他将是她的胜利和美好的结局。

罗曼从十二岁开始写作，除了没得诺贝尔奖（代之以两次龚古尔奖），做到了他娘要求的一切，履行了童年许下的诺言。"我要去迎接艰巨的战斗，去为她履行我儿时许下的诺言，那就是跟我学步时代就知道的强大而残酷的敌人进行争夺世界主权的战斗，赢得胜利后光荣地返回故乡，使母亲获得应有的评价，使她做出的牺牲得到应有的报偿。"他为她写了一部《童年的许诺》，使她在文学中获得了永生。

然而人生又怎么可能没有阴影呢，罗曼在人生尽头吞枪自尽，没人知道他那么做的确切原因。他留下的遗言条上写着："那么，为什么呢？答案也许应当从我的一部自传的标题《夜将是寂静的》以及我最后一部长篇小说的最后一句'因为无法说得更好了'中去寻找。我已经表达了一切。"在《童年的许诺》中，他曾提出过"最后一个球"的概念，认为人生真正的悲剧是"没有人帮助你抓住这最后一个球，不管你付出多大代价"，因为"最后这个球是不存在的"。这样看来，也许他是跟命运妥协了，放弃了抓住最后一个球，无论是在写作中还是在生活里。

不过我却有别的看法。我翻遍了《童年的许诺》,看到他娘替他考虑到并排除了一切危险,却千虑一失,百密一疏,独独忘了关照他一句:"不许自杀!"我以为这才是原因。

……

尼斯有太多与罗曼有关的传说,上演过绵绵无绝期的母爱,可惜我到访时还都不知道。为了罗曼的童年的许诺,也许我该再去一趟尼斯,看看那隔了两个街区与英国人散步道平行的但丁街和布法街,看看罗曼的娘是否还在海山旅馆苦等着儿子载誉归来,看看甘必大大街一带的居民是否仍把罗曼看作小流氓,看看尼斯中学是否已经把罗曼的名字用金字镌刻在了墙上……

2020年8月7—10日

跋

收入本书的三十五篇短文,大都有关法国和法国文学。这往近里说,是因为本世纪第二个十年,我有机会多次漫游法国,得以实地探寻文学踪迹;往远处说,则因自少爱读法国文学,名家说部类皆烂熟于心,每思有以表达一孔之见。缘是之故,本书所收各文,多求读书行路结合,又期会心感悟别具,既非旅行记,又非读后感,更非评论文,以三不像致三结合,希望走出一条为文新路。可以不客气地说,对于本书的每个题目,套用司汤达的话,我都是读过、走过、写过。

书名"远西草",既受惠于谢阁兰之洞见,又加之以自己的理解。在他,是以换位思考,彰显西方的偏见,唤起东方的自觉;在我,则以旧词新用,昭示立场的自我,擦洗"远东"的积垢。天道好还,是耶非耶?

基于题材的类似,特从拙著《马赛鱼汤》中,抽出有关法国的七篇,置于本书的开头,以使本书更饱满些;《马赛鱼汤》若有机会重版,则当另外补入一些篇目。与《马赛鱼汤》不同,本书各篇的排列顺序,一依发表时间先后。写作地点除注明者外,均为上海。发表时限于篇幅,有些篇目曾略作精简,收入本书时均恢复原文。

感谢祝鸣华先生慧眼垂青,长期赐以《夜光杯》的宝贵版面;感谢蒋逸征女史匠心巧运,使本书有幸得以结集问世,再飨于此有同好的读者。

从首篇至末篇,倏忽已是十年。忽如梦觉,思之黯然。

邵毅平
2020年5月22日识于沪上圆方阁